雪泥鴻爪

歐遊拾穗

褚宗堯 博士——著

二零零五近立秋
一十八日浪漫遊
奧義荷德瑞法英
一償宿願七國行
百聞千事不如見
萬里行路勝萬卷
精彩篇篇耐尋味
歡樂無數留追憶
人生且莫任寂寥
學那飛鴻踏雪泥

自序

我生性喜好旅遊，回憶這一生所走過的國家，細算一下，居然也有五十五個之多。這個數字，當然不能與千山萬水走遍的現代徐霞客等級的旅行家相比，但應該也足夠令一般人心生羨慕嚮往的了。

我喜好旅遊的個性，應該是像我的母親。她老人家出生於民國初年，在世一百歲，中晚年之後，曾經旅遊過二十一個國家。這在台灣早期那個年代，應該極為罕見。

不過，妻是幫我啟動出境旅遊引擎的人，這點，我還得感謝她呢！

回想當年，妻任教於新竹高商，她的一位學校同仁，劉文清老師，非常喜歡旅行，每次的行前規劃都考慮得很周詳，尤其擅長與旅行社共同策畫理想的行程。由於劉老師的熱心發起與推動，每次的旅遊品質都令團員們相當滿意。

坦白說，至今我們仍然非常感激劉文清老師，因為，若不是她，我們不可能有這麼多令人難忘的旅遊回憶。

我想，讀者們一定很好奇，為何我能走過五十五個如此之多的國家呢？由於我在交通大學任教，妻也從事教職，每年都有寒暑假，因此，才能安排一起出國旅遊。當然，也才有機會帶著母親、岳父母、兩個孩子，或其他親友一起出遊。

如前所述，那些年以來，我總計走過了五十五個國家。而我旅遊有個習慣，每到一個新地方，總會針對所見所聞，從個人內心觸動較深刻的點，以詩詞形式，當場寫下感懷或心得，藉此捕捉當時的靈感。返國後，再根據詩詞內容改寫並豐潤成為散文。

回想較早年代，當時既無手機也無筆記型電腦等3C產品，因此，我只能以隨身攜帶的小記事本，順手寫下一時的感物寄興之作，否則，靈感將會稍縱即逝。

前些日子，我在整理書房時發現，居然還有不少當年留存的文稿。在幾經好友及同事的鼓動下，終於決意騰出一些時間，將這些塵封已久的作品，略做彙整與潤飾後，準備擇日付梓出版。

雖說曾經走過了五十五個國家，但並非在每個地方，我都留下過文字紀錄。最終，經過檢視與整理後，總計曾經留下遊記篇章的地方，包括歐洲、北歐、俄羅斯，以及美東等地區。

本書我先著墨於歐洲部分，主要是以民國九十四年（2005）參加鳳凰旅遊的「卡不里島18天」的行程為主軸，這包括了奧地利、義大利、荷蘭、德國、瑞士、法國、英國等七個國家。

我之所以將這個行程的遊記優先編輯出版，乃因這趟旅遊是我跨出亞洲造訪歐洲的首次經歷。至於其他區，就看將來是否仍有機緣，讓我陸續推出了。

偶然記起蘇東坡寫給弟弟蘇轍的和韻詩，〈和子由澠池懷舊〉，其云：「人生到處知何似，應似飛鴻踏雪泥。泥上偶然留指爪，鴻飛那復計東西。」

由於對此詩所蘊含的人生哲理頗有同感，因此，我把旅遊相關的作品歸類為「雪泥鴻爪系列」，而本書是針對歐洲部分而寫的，故命名為《雪泥鴻爪——歐遊拾穗》（序號：雪泥鴻爪01）。

本書共計二十三篇拾穗，依不同國別分屬於《奧地利篇》、《義大利篇》、《荷蘭篇》、《德國篇》、《瑞士篇》、《法國篇》、《英國篇》等七個篇什。其中：

《奧地利篇》包括〈多瑙河畔人不惱〉、〈寧作飛鴻踏雪泥〉、〈令人欣羨維都人〉等三篇。

《義大利篇》包括〈聖者馬可人神之〉、〈緣牽藝都翡冷翠〉、〈幾回比翼歐鄉遊〉、〈恆都羅馬今古盛〉、〈藍洞採夢境隨心〉、〈且學歐人慢生活〉、〈龐貝廢墟成鑑戒〉等七篇。

《荷蘭篇》包括〈終償宿願兒時夢〉一篇。

《德國篇》包括〈夢似萊茵水上舟〉、〈智者曠達心自安〉、〈同緣鴻飛共舟誼〉等三篇。

《瑞士篇》包括〈山嵐縹緲任悠游〉、〈學那飛鴻踏雪泥〉、〈牛鈴叮噹任逍遙〉等三篇。

《法國篇》包括〈閒情逸致香榭道〉、〈城開不夜紅磨坊〉、〈師匠輩出蒙馬特〉、〈騷人墨客和平會〉等四篇。

《英國篇》包括〈日不落國非虛誇〉、〈鴻飛萬里終須歸〉等二篇。

綜觀這二十三篇拾穗詩文的特色，平易通俗，簡短而不冗繁，且皆為「七言六句」，自成一格。

其中，前二句主體在於「觸景」，次二句在於「生情」，末二句則在於「感懷」。尤其，希望藉由末二句，對這娑婆世界的無常人生與多變生活，發抒一些我個人的感念與心得。

至於散文部分，關於風景名勝的描述很簡略（這方面坊間已有相當多的專書在介紹），而著重在於對詩文內涵的相為呼應與豐潤。易言之，針對詩的主題做更深入的闡釋與發揮。

此外，為了凸顯詩文主題的一氣呵成，每一篇散文的字數約略千字以內，期能讓讀者們容易閱讀與產生共鳴。

值得一提的是，每一則旅遊拾穗的標題，大致取自詩文的內文，藉以呼應作者在詩文與散文中所想要傳達的情感與意境。

這本《雪泥鴻爪——歐遊拾穗》能夠順利出版，要特別感謝褚林貴教育基金會的贊助發行，與朱淑芬董事在基金會行政事務上的協助，以及榮譽董事楊東瑾顧問與林若昕小姐，他們對基金會官網與facebook的熱心推展與奉獻。

此外，還要感謝好友蔣德明先生、褚惠玲顧問，以及一些善心人士，他們對基金會多年來的護持與慷慨捐贈，讓基金會業務的推廣，以及社會教育相關書籍的出版，都能夠順利地推行與持續發展。

最後，我摯誠地把這本書，呈獻給內人郭照瑩女士與我的家人們。

同時，也以本書來紀念我已經先逝的父親褚彭鎮先生（聽母親說，我的文思與才藝，泰半承傳自他老人家），與我一生的導師以及永遠的慈母——褚林貴女士（母親雖於百歲嵩壽辭世，但她老人家的法身始終與我同在、與我同行）。

褚宗堯

民國一百一十四年（2025）春

序於　風城新竹

目次
Contents

法國篇

英國篇

側記

附錄

1、多瑙河畔人不惱
2、寧作飛鴻踏雪泥
3、令人欣羨維都人

奧地利篇

1、多瑙河畔人不惱

曾幾何世居維都
街坊里巷猶如識
仙樂飄飄葡萄香
多瑙河畔人不惱
欣緣作客訪樂都
來日盼做此鄉人

我想，生活在西格蒙德．佛洛伊德的家鄉「夢之都」的維也納人，應是上帝的寵民吧。因為，這個城市非僅歡聲仙樂處處飄，而且葡萄園遍布，花香十里，盈人衣袖。此外，蜿蜒流淌的多瑙河，柔美溫婉，優雅自在，卻又絢爛多彩，更是上天的恩賜。光憑這些，實足以讓維都人士，一生少憂少惱了。我何其幸運，有此機緣造訪美麗樂都，而且一見傾心。

二〇〇五年八月四日，旅遊團從台灣起飛，航程長達十幾個小時，再加上六個鐘頭的時差，當我們抵達此次歐遊的第一站「音樂之都」維也納（Vienna）時，大夥兒早已累得人仰馬翻了。

晚餐過後，其他團員大都已經「精疲力盡」，準備盥洗後夢周公去也。雖然我也同樣疲憊不堪，但為了不浪費這次旅程的分分秒秒，還是強打起精神來，相邀領隊及阿棠兄，三人連袂，秉燭夜遊。

目的地是市中心的聖史蒂芬教堂（St. Stephen's Cathedral），時間是夜間九點四十五分。詎料，這是個旅者的不夜之城。

眼目所見，俊男美女何其多！不同膚色，不同種族，不同年齡層，人人臉上莫不漾著興奮與喜悅！尤其，霓虹刺眼，燈光恍惚，街景璀璨得夢幻迷離。置身其間，只覺得空氣中充滿著一股不可言喻的生命活力，以及悠閒安詳卻又自由歡快的氛圍。

剎那間，我感覺如夢似幻，猶如登臨仙境。我們走著……走著，直到那座矗立在星空中、莊嚴肅穆卻又令人感到安舒可親的白色教堂，乍然出現在眼前時，這才把我拉回了人間的現實……

電光石火瞬間，我的心緒百轉千迴。想著：這生、老、病、死的人生，雖有苦，也不乏快樂，雖不免有憂愁，也時有喜悅。又或者說，人生的苦樂，往往只在一念之間。

蹉跎莫遣韶光老，把握當下是為寶。而今夜的所見所聞，可不是活生生的見證？

同樣一個平凡的夜晚，有人選擇趁早上床休息，有人卻樂於在街頭秉燭夜遊。其情境不同，感受也就各異。顯然，每個人的心念不同，當然結局也就大不相同了。

想想：能夠有此機緣，造訪音樂之都，無疑地，這是我的福分。當我駐足古都，不禁勾起內心蟄伏已久的思古幽情。放眼街道，兩旁遍布奢侈品商店和歷史建築，既古典又現代，新舊世代的文化完美融合。這裡的街道和建築，處處可見馬賽克拼貼圖案，顯得古樸而典雅，卻又充滿活潑歡樂情趣，令人感到親切自在。

這些街坊里巷，對我竟然似曾相識，恍若幾世之前，我亦是維都人?!

的確，有幸居此人文薈萃城市，生活無憂無慮的維都人，應是上帝的寵民。此地非僅無時無刻傳來歡聲仙樂飄飄，葡萄花香更是處處可聞。尤其，多瑙河姿態萬千，令人著迷，更是上天的恩賜。看她蜿蜒流淌，似在呢喃低語；一時風拂水面，卻又波光瀲豔，風情萬種。

都說維都人少憂少惱，幸福感世界第一。耳聞不如眼見，當我置身其間，走走逛逛，內心深有感觸：誠然也，這裡簡直是人間天堂！

我欣得此緣，尋訪樂都。只可惜，馬蹄達達，僅得浮光掠影一瞥，未能深入結識，頗感遺憾。深盼，來日再續前緣時，不再只是匆匆過客。

・二〇〇五年八月四日

・於奥地利維也納

2、寧作飛鴻踏雪泥

得暇遨遊歐羅巴
世外桃源洵非假
百聞千事不如見
萬里行路勝萬卷
生而有涯何堪擬
寧作飛鴻踏雪泥

人生何其短暫，世界何其廣闊！在不斷無聲流逝的生命歲月中，與其困守一隅，足不出「國」，在人生遊記頁面留下空白，我，寧作飛鴻踏雪泥。

車子奔馳在維也納往威尼斯（Venice）的高速公路上，大夥兒早已扛不住長途旅行的勞累，只見遊覽車上東倒西歪睡成一片。

唯獨我，興奮好奇之情猶自昂揚，目光爍爍，緊盯著窗外猶如溪水般往後流逝的田野風光，唯恐稍一轉瞬就錯過任何旅程中的美麗景物，無論是一花一草，或僅是天光雲影的流轉。

的確，我晚至四十三歲，才有機會一償多年宿願，飛行萬里到歐洲來旅遊，心情之興奮雀躍，自非筆墨所能形容。

顯然，歐洲的美，遠遠超過生長於島國的我的想像。真的非得踏上斯土，一睹芳容，才能深切感受到，她異於東方的氣質之美。

今天，當我駐足歐陸，也才相信，人間種種雖非盡如人意，世外桃源卻仍有處可尋。同時，也印證了，從小深埋我內心的生活理念：「百聞千事不如見，萬里行路勝萬卷。」

實話說，這次的歐洲之旅，雖僅短短十八天的行程，但所獲得感受與經驗之美好，更加強化了我日後遊遍世界的決心和願望。

憑倚著車窗，我向上仰望只見碧空萬里，往下看，則是一片綠野蔥蘢，廣闊無垠。

我任由心思馳騁，想像著自己，如同一隻飛鴻，在浩瀚蒼空與皚皚雪山之間展翼翱翔，無牽無掛，無任舒暢自在！

想想：人生苦短，時光匆匆，如浮雲朝露，又如白駒過隙。但，與其遷延歲月，錯過世界，錯過美好，我，寧作飛鴻踏雪泥。

偶爾駐足，在白雪皚皚的大地上，淺淺留下幾處指爪痕跡。雖微不足道，卻已心滿意足。因為——曾經有過，聊勝於未有。

・二〇〇五年八月六日
・於奧地利維也納

3、令人欣羨維都人

氣宇軒昂是維都
騷人墨客樂盤遊
天上或有蟠桃會
此中幸得維納城
人間仙境暫寄身
最是欣羨維都人

那如詩如畫般柔美的多瑙河、和煦溫暖的陽光、果實累累的葡萄園、蓊鬱蒼翠的維也納森林，以及溫婉古樸的歐式建築……，一切景物都令人由衷喜愛，令人流連忘返。當我佇立在多瑙河畔，仰望著瀅瀅如洗的藍空，不禁輕聲吶喊：「人間仙境暫寄身，最是欣羨維都人！」

此次造訪維也納，雖然只是三天兩夜的蜻蜓點水式行程，卻已然讓我的心靈之湖漣漪微動，深深愛上這個美麗城市。

這裡的山川河岳、一草一木，對我而言，都是那麼地柔美可人，清麗脫俗。那如詩如畫般柔美的多瑙河、和煦溫暖的陽光、果實累累的葡萄園、蓊鬱蒼翠的維也納森林，以及溫婉古樸的歐式建築……，一切的一切，都令我百看不厭，油然心生歡喜。我想，對於一座如此美好的城市，「氣宇軒昂」應是貼切的形容詞吧！

無怪乎，古今中外的騷人墨客，以及音樂、藝術的愛好者，只要有機會，都會想來此一睹維都的迷人風采。

駐足在維也納的街道上，經常可以發現一個特殊景觀：你會看到來自世界各地的觀光客，他們如同參加天上王母娘娘的蟠桃盛會似的，萬頭攢動，人聲鼎沸，熱鬧非凡。

可不是？誰也不想錯失造訪這如同仙境般的維都啊！

人生幾何？百年後是否真有天堂可去？無人知！而或真有天堂，王母娘娘是否會再次舉辦蟠桃會？亦不得而知！

所幸，人間尚有樂都維也納，不但處處可以感受到音樂旋律的薰陶，而且小酒館滿街，隨時可以滿足嗜酒的劉伶之輩。所謂行樂及時，因此，何不趁此難得作客維也納的機緣，小酌美酒一杯！

我雖然不敢自言已經行滿了萬里路，但此生也曾幾經風雨，見過世面。只不過，對於人生的目的以及生命的意義等問題，卻始終無法找到一個令自己信服的答案。

如今，拜此次歐遊之賜，有幸造訪維也納。除了前述的所見所聞，頗有深刻感悟之外，更令我觸動的是，維都的自然生態與人文藝術，以及幸福宜居的城市氛圍，彷彿一股暖流，激起我內心未曾有過的，對生命和生活的熱愛。

當我佇立在多瑙河畔，仰望著維也納瀅瀅如洗的藍空，難抑感懷之情，不禁輕聲吶喊：「人間仙境暫寄身，最是欣羨維都人！」

・二〇〇五年八月六日

・於奧地利維也納

義大利篇

4、聖者馬可人神之

聖者馬可一凡夫
水都子民敬若父
血脈籍貫且無論
百姓唯把聖徒尊
書播福音乃天職
守護威城人神之

我何其有幸能站在聖馬可廣場，瞻仰莊嚴聳立的聖馬可教堂！廣場上，隨時可見成百上千隻鴿群，團團圍繞在觀光客腳邊覓食，優哉游哉，無憂無懼。這讓我驀然憬悟，曾幾何時，人與禽鳥之間的距離如此親近了？然而，頗諷刺地，人與人之間的距離反而更加疏遠了！聖馬可在天若有知，不知會作如何想？又如何幫忙解困？

依然是個風和日麗的好天氣，空氣中，流蕩著一股冰淇淋似的甜美氛圍，大夥兒在歡聲笑談中，彼此傳遞著幸福滋味。

的確，不可諱言的，旅遊真是一種享受。

姑且不論景色風光的賞心悅目，或是閱歷上的增廣見聞，光是日常的食衣住行等繁瑣諸事，皆有領隊或當地導遊代勞，這點，就已令我們感到備受禮遇和高規格接待了，更遑論其他在心靈感受上的額外收穫。

今天遊覽的主要景點，是義大利的威尼斯（Venice）。這個號稱「水都」的城市，無論是在歷史上、地理上，或是小說筆下，可謂赫赫有名，盡人皆知。然而，即便是讀得再多，說實話，怎麼也比不上親臨其境，親眼目睹，來得親切真實。

雖然威尼斯是我嚮往已久的城市，其可書可寫的風景特色著實不少，我卻更願意多費些筆墨篇幅，談談聖馬可（St. Mark）。因為，導遊為我們講述的斯人事蹟，在我腦海裡留下了極其深刻的印象。

馬可的生平略載於新約聖經書卷，無可諱言，他並非古羅馬帝國公民，更不可能是現代義大利百姓。相傳西元828年，兩個威尼斯商人從埃及亞歷山大將其遺骨偷運到威尼斯，並在同一年興建了以他為名的教堂。總之，威尼斯人之所以將他奉為主保聖人，敬他如父，主要因為他是耶穌的聖徒，而且蒙上帝任用，執筆寫了《馬可福音》。

試想，在中世紀那個「君權神授」的年代，國王地位至高無上，仁君卻不多見。那麼，平民百姓既無現代公民權可賴，當面對生活中人、事、物等種種難題，可以向誰求助呢？這時主保聖人就派上用場了！他們虔誠地相信，主保聖人能轉禱，也能在某方面提供保護和幫助。

如今，我懷著肅穆虔誠的心，佇立在聖馬可廣場（St. Mark's Square），瞻仰聖馬可教堂（St. Mark's Basilica）。我望著成百上千隻圍著觀光客覓食的鴿群，乍然心驚：曾幾何時，人與禽鳥之間的距離如此親近了？所謂「鷗鳥忘機」，那是多麼恬淡自適、不存機心的美好關係啊！然而，時下人與人的關係，卻日漸疏離，多麼令人感慨唏噓！聖馬可在天若有知，不知會作如何想？又如何幫忙解困？

今天，位於聖馬可廣場旁的道奇宮（Doge's Palace，即總督宮）雄偉依舊，但連接監獄的嘆息橋（Bridge of Sighs）卻早已不再嘆息。聖馬可的英靈若永在，應保佑水都威尼斯永不沉墜！

・二〇〇五年八月七日

・於義大利威尼斯

5、緣牽藝都翡冷翠

美哉聖城佛倫斯
文藝復興傳百世
地靈人傑翡冷翠
墨客騷人常低迴
聖哲已逝英靈在
榮耀輝煌永不衰

從未想到，會有這麼一天，我竟然能夠佇立在義大利聖城佛羅倫斯的街頭。這著名的文藝復興之都，詩人徐志摩筆下的「翡冷翠」——一個典雅又詩意的地名，猶如自帶獨特魅力的綠寶石，在我記憶深處的某個角落，微微閃爍著冷冽光輝。

坦白說，從未想到，會有這麼一天，我竟然能夠佇立在義大利聖城佛羅倫斯（Florence）的街頭。

這著名的文藝復興之都，詩人徐志摩筆下的「翡冷翠」——一個典雅又詩意的地名，猶如自帶獨特魅力的綠寶石，在我記憶深處的某個角落，微微閃爍著冷冽光輝。

如今，踏上斯土，我不僅能感受到它從遠古襲來的、濃郁的文藝復興氣息，同時，因為徐志摩詩文的感染，讓我對這座浪漫迷人的經典小城，更加感到無比親切。

尤其，駐足在亞諾河（Arno River）的古橋上，向下凝望著清澈溪流中自在悠游的魚群，頓時，內心倍感舒暢，油然而生羨慕之情。想想：生而為亞諾河之魚，真可謂「魚生」無憾矣！

劉禹錫〈陋室銘〉曰：「山不在高，有仙則名；水不在深，有龍則靈。」的確，小小的一顆翡冷翠，她，雖沒有台北市的繁華美麗、光彩炫目，卻顯得格外飄逸非凡。

然而，只有在瀏覽過著名的米開蘭基羅廣場（Piazza Michelangelo）、聖母百花教堂、市政廳廣場、海神像、大衛像（David），以及烏菲茲美術館（Uffizi Gallery）等人間藝術極品之後，你才會深深感動到，佛羅倫斯何以美名為翡冷翠。

無怪乎，這座古城雖僅是彈丸之地，歷史上卻有許多文化藝術名人誕生、活動於此，真可謂地靈人傑也。尤其，這裡被公認為是一個藝術城市，觀光業興旺，長年遊客如織。甚至騷人墨客之多，毫不誇張地說，真是「十步之澤，必有香草」！

回想今天的行程，幾乎是一整天都浸淫在佛城的古建築及古文物中。雖然走得腳乏，看得眼睛發疲，內心卻感受到前所未有的充實與滿足。對於這麼美好的小城，能夠有此機緣一親芳澤，真是與有榮焉。

真的，並非人人皆有如此機緣，能夠在這古代文明與現代浪潮的時空交替下，對中古歐洲的文藝，獲得如此真實而又完整的瞻仰及洗禮。

無論是從翡冷翠的街頭或巷尾望去，你不難發現，在熙熙攘攘來往的人群中，更多的是來自世界各地的觀光客。是以，此地的餐館日日高朋滿座，廣場上人聲鼎沸，遊客絡繹不絕。

翡冷翠榮耀輝煌歷久不衰，古代聖哲們的英靈若有知，應該不會感到寂寥吧！

・二〇〇五年八月八日

・於義大利翡冷翠

6、幾回比翼歐鄉遊

街旁露檯飄啡香
寤寐思服翡冷翠
問君能幾半日閒
偷得浮生逍遙遊
比翼雙飛不長有
共遊歐陸儷人影

人生能有幾回半日閒情？有多少人真的能夠暫時拋開一切，去換取一次美好又寶貴的歐洲逍遙遊？尤其，中年夫妻能夠比翼雙飛，同遊天涯海角，機會實屬難得。

與妻同行出國旅遊，這是第三次了。前兩次雖說也玩得頗盡興，但都沒有這次來得羅曼蒂克與愜意。原因無他，家中的兩個小電燈泡放我們一段長假，讓我們可以無牽無掛地展開歐陸之旅。因此，這次歐遊的氛圍，像極了二度蜜月。

出門前，姊弟倆還特地精心製作了一張卡片給我們，上面寫著：「……這是一趟玫瑰之旅，玫瑰象徵著愛情，希望這次旅行，您們能夠恩恩愛愛，……快樂地出門，愜意地回來。……這也算是送給我們的一個大禮物。」

我確實非常珍惜他們的這些善意叮嚀，還刻意把卡片放在我隨身的霹靂包中，謹記在心，以免辜負了他們姊弟倆的一片孝心和期望。

蜜月之旅是令人陶醉的，尤其是二度蜜月。

除了經濟上更為寬裕、無虞匱乏之外，心境上也較以往更加圓熟與浪漫。特別是，地點選擇了歐洲，即便是個性保守古板的人，也會不自覺地浪漫起來吧。

在歐洲，街道兩旁處處可見露天咖啡座——遮陽篷、小圓桌、碎花布桌巾，以及硬背椅，再加上閒人幾個品著咖啡，便是一幅賞心悅目的日常風景。這就是歐洲的慢生活，優雅，悠閒……

當然，對於向來酷愛咖啡的我，豈能錯失良機？於是，在翡冷翠（Florence）市政廳廣場前，選定了一家氛圍古色古香的咖啡屋。

我與妻並肩坐在騎樓下頗富詩意的咖啡座上，各點了一杯「Espresso（濃縮咖啡）」，外加一客義大利冰淇淋。頓時，一股似有若無的歐式浪漫情懷，驀然漾開，在我倆之間……

微風吹拂，咖啡濃郁的香味，飄溢在人來人往的人行道上。我在想，回國之後，只要喝起咖啡，一定也會想起曾經浪漫在翡冷翠街上的咖啡座，想起那一杯「Espresso」，想起那一段歐式的悠閒吧。

劉禹錫的〈酬樂天詠老見示〉詩云：「莫道桑榆晚，為霞尚滿天。」的確，人生能有幾回半日閒情？有多少人真的能夠暫時拋開一切，去換取一次難得又可貴的歐洲逍遙遊呢？詩人相勸，好好把握當下，享受人生吧！

尤其，夫妻雖然日日同枕共眠，但能夠心心相印、比翼雙飛，同遊天涯海角的機會，畢竟非常難得。此次，我能與妻連袂出行，一起享受十八日的歐陸之旅，真是滿心感激這寶貴的福分。

此情此景肯定永生難忘，也將成為我倆日後快樂的談資，和美好的回憶。

・二〇〇五年八月九日

・於義大利翡冷翠市政廳廣場

7、恆都羅馬今古盛

登臨羅城思永恆
千古英雄依在否
昔日將相皆豪俊
今朝斯人何處尋
霸權興衰無足論
我思我在我唯尊

羅馬雖然宏偉，而永恆也的確神聖，不過，若沒有當下的我，一切似乎也就失去了意義。何妨暫且無視於羅城今古之盛，更重要的是，我思，我在，我唯尊。

羅馬（Rome）這個城市，我會以「宏偉」一詞來形容。

其實，這種印象源自於年少時，古羅馬電影留給我的記憶。而今天，在親眼目睹羅城的英姿後，見證了這個形容詞，對他依舊是貼切的。

其實，羅馬的宏偉，光從其城市面積之廣闊，就已令人嘆為觀止了。若再從古蹟、建築，以及各種文物的源遠流長與保存來說，那就更令人感受到，其對歐洲文明之孕育的偉大貢獻。

遊覽車在市區內左右穿馳，我的眼睛則忙於東顧西盼，期望把握住分分秒秒，盡情地捕捉不同面相的羅馬，以滿足我對這座「永恆之城」的好奇心。

雖然，待在羅城的時間只有短短的四天三夜，然而，能夠有此機會投入他的懷抱，並親臨其境領略他的永恆，其實已經感到相當欣慰了。

有關羅馬的事蹟，在史書上已經閱讀了不少，對於知名的英雄人物也略知一二，因而，每到一處，總會勾起一股浪漫的思古幽情。

想到：當年多少將相豪傑，曾經叱吒風雲於古羅馬戰場，而今，景色依舊，昔日武功赫赫的英雄們，如今又有多少人認識呢！

不禁感嘆時光之易逝，悲斯人之今朝無處尋。每思及此情，心中不由得升起一絲絲悵然之感。

一時間，我恍惚有所悟。思及宇宙的浩瀚與時間巨輪的永恆運轉，深覺人類的存在多麼渺小！再思及將遙遠的亙古與眼前的當下做一對比，其差距真不可以道里計，可歎個人生命多麼短暫！

就這樣，思緒在古今時間和空間中穿越和跳躍，幾乎讓我一時感到迷茫，深陷其中，不知今夕是何夕。直到，藍空中傳來一陣悅耳的雀鳥啁啾，才將我拉回世界的現實。

誠然，羅馬古城極其宏偉，而永恆之都的霸權興衰也的確令人敬畏和感慨。不過，若沒有當下的我，一切歷史似乎也就失去了意義。

因此，何妨暫且無視於羅城今古之盛；更重要的是，我思，我在，我唯尊。

・二〇〇五年八月十日

・於義大利羅馬

8、藍洞採夢境隨心

晶瑩剔透洞水藍
神奇藍洞世無兩
藍洞美妙如幻境
歐遊難忘卡不里
人間或有桃源境
欲採藍夢境隨心

世上人間，像藍洞般的桃源勝地，或許真的少有。然而，境隨心轉，只要用心尋訪，欲採藍夢，在心中或可覓得，又何需親臨藍洞呢？

歐遊至今，已將近一個禮拜了。除了在水都威尼斯（Venice），曾經搭乘過渡輪及月牙船之外，真正接觸到海洋的行程並不多。但在我的想像中，歐洲之行應該不乏碧海、藍天、白雲，以及豔陽高照的美景才對。

所幸，今天的目的地，大夥兒終於可以感受到貝多芬〈歡樂頌〉中，「青天高高，白雲飄飄，太陽當空在微笑」，晴天裡出遊的快樂，並一飽大自然美景的眼福。

事實上，昨天下午，從龐貝（Pompeii）古城到南歐音樂之鄉蘇倫多（Sorrento）途中，在遊覽車上往下眺望時，那綿延不斷的海邊度假旅館，以及五顏六色的船隻，就已讓大家感受到此地濃郁瀰漫的悠閒氛圍了。

真的，如果未曾親身目睹的話，可能難以完全領略到什麼才是休閒?!

而當你目睹過後，應該會認同，歐洲人真的是非常懂得休閒的民族。同時也會感慨到，國內真能讓我們享受休閒的地方，好像相對有限。

在頗有藝術風格的米開蘭基羅（Michelangelo）旅店，用過早餐後，我們驅車前往蘇倫多（Sorrento）的碼頭，搭乘渡輪邁向南歐詩情畫意的旅遊勝地——卡不里島（Capri Island）。然後，改搭小船尋訪名聞遐邇的藍洞（Grotta Azzurra）。

沿途，我和妻佇立在船首，游目天地之間，除了遠處草木青蔥的海島和潔白色的快艇，入眼盡是藍天白雲，以及無垠的碧海。此時，陽光和煦，行進間，輕風徐來，真有乘風破浪萬里航之感。真的，斯情斯景，就已讓我們深覺這次的歐遊不虛此行了！

尤其，此生能有機緣一親藍洞之芳澤，實在幸運！因為，天候不佳時，小船無法駛入藍洞，也就是說，並非每位訪客，都能如願進入藍洞。

真的，人間若有幻境，那麼，藍洞則是我見過的第一個真實幻境。她的晶瑩剔透與純藍氣質，可說是舉世無雙！我曾領略過水晶的晶瑩以及寶石的剔透，卻都不如置身在藍洞中，那種無以名狀的夢幻感覺。

其實，真正待在藍洞裡的時間，前後不到三分鐘的光景。但在她的懷抱中，無處不是藍，而藍是美麗、冷靜、理智、安詳與廣闊的表徵。在藍的世界裡，一切都變得如此寧靜和平，一切也都似乎不值得爭執。而一個祥和沒有爭執的世界，有誰不嚮往？

我想，在現實世界裡，要能有一個藍洞般的幻夢之境居住，肯定是少有的！因此，卡不里島的藍洞之行，真是令我終生難以忘懷。

略有領悟：世上人間，像藍洞般的桃花源勝境，或許真的少有。然而，境隨心轉，只要用心尋訪，欲採藍夢，在心中或可覓得，又何須親臨藍洞呢？

・二〇〇五年八月十一日
・於義大利卡不里島藍洞

9、且學歐人慢生活

登黃山天下無山
遊歐更解人生義
眾生蠅營狗苟活
歐人怡然自在過
人生莫任悲寂寥
珍惜當下且隨緣

踱步徐行在羅馬街頭，你不禁會著迷於歐洲人怡然自得的慢生活。他們喝下午茶，或為了一種「閒情」；他們手持冰淇淋擦肩而過，或流露出「飄逸」；他們在草地上或坐或臥，或展現了「瀟灑」；他們熱情街吻，只因「浪漫」……

在國內時，我並不是一個喜愛逛街的人。沒想到，這次遊歷歐洲，在大小幾個城市所逛的街，竟比在國內五年加總起來的還要多。有趣的是，我居然因而開始體會出逛街的個中樂趣來。我想，最主要的原因應該是，歐洲各國的市容、街景、人文，以及風物，皆迥異於國內，因而能夠帶給我過去少有的新鮮與好奇感吧！

的確，踱步徐行在羅馬（Rome）街頭，你不禁會著迷於歐洲人的怡然自得的慢生活。他們喝下午茶，或為了一種「閒情」；他們手持冰淇淋擦肩而過，或流露出「飄逸」；他們在草地上或坐或臥，或展現了「瀟灑」；他們熱情街吻，只因「浪漫」……

你瞧，如此的民族與民風，你很難不欣賞！而有這樣的街景可逛，你又怎會輕易錯過！

事實上，我在出國前早就耳聞，歐洲人是最懂得生活的民族。

如今，真是百聞不如一見。明代旅行家、地理學家徐霞客曾感慨說：「登黃山，天下無山。」而拜這次歐遊之賜，我自己也才有機會更深入瞭解生命，以及生活的另一層意義。

誠然，我們東方民族的個性，似乎太過於拘謹嚴肅。尤其中國人，背負著沉重的歷史文化包袱，無形中使我們的生命與生活，失去了該有的生動與活潑色彩。

其實，天下眾生本來就各有各的活法，誰也無權置喙。只可惜，多數人的一生，或是蠅營狗苟，或是庸庸碌碌，並不令人羨慕。而無論是從生活上的體認而言，或是對生命的寄情上來看，在諸多民族中，歐洲人應該是最懂得怡然自得的了。這樣的生活，有人名之曰「慢生活」。

難道說，他們是得天獨厚嗎？不，當然不是！民族能力的差距是有限的，不同的只是，表現在文化價值上的差異而已。因為，對人生價值認知的觀點不同，往往也就造成了日後不同的民風與族性。

而今天多數中國人的族性，自然也是歷史與文化下的產物。對於這樣的事實，其實也無所謂對與錯，更無所謂好與壞。

我，只悄悄地告訴自己：「人生莫任悲寂寥，珍惜當下且隨緣！」

‧二〇〇五年八月十二日

‧於義大利羅馬街頭

10、龐貝廢墟成鑑戒

萬骨枯成古羅馬
人命如蟻任踐踏
造化何忍弄群生
視若芻狗誰不仁
龐貝災難成鑑戒
廢墟猶在亦堪嗟

是人的原罪過於深重？抑或冥頑不靈是人的天性？否則，造化不會讓人走完了一個輪迴，又再步上另一個輪迴。何時人類才能停止自私無情的相爭呢？龐貝廢墟猶在，人們應視為鑑戒！

已逝的年少日子裡，曾經看過一些以古希臘、古羅馬為時代背景的影片。其中，有不少經典名片，是當年許多人百看不厭的作品。

然而，儘管對影片印象再深刻，也都比不上今天我親身目睹來得具體寫實。

這是一個令人難忘的日子，大夥兒沉浸在羅馬城的名勝古蹟的過去榮耀中，宛如置身在歷史的時光隧道裡。鬥獸場、萬神殿、許願池、梵諦岡、聖彼得大教堂，以及真理之口等耳熟能詳的景點，皆歷歷呈現在眼前。

確實是百聞不如一見，想看的都已看到了，該見識的也都見識了，這真是一趟豐富且道地的「羅馬假期」之旅。

說實話，此刻的心境是少有的歡欣，不過，卻也感慨良多。

特別是，當佇立在鬥獸場的觀眾席上俯視下方，那人與獸，或人與人，曾經為了生存，而相互纏鬥廝殺的舞台時，悲憫之情油然而生。

畢竟，從某個角度來看，今日羅馬的盛名，難道不是千萬枯骨犧牲下所鑄成的？而這些無辜的生靈，其生命之卑賤，竟然連螻蟻都比不上。

難道，在那時空下的人，他們的貴、賤、尊、卑，是與生俱來不可抹煞的輪迴？而這輪迴，卻又是身為人所註定不可解的無奈嗎？

唉！造化若是如此神通，又何忍作弄，讓卑微的蒼生如此無助呢？凝視著湛藍的天際，我想叩問蒼天。老子曰：「天地不仁，以萬物為芻狗；聖人不仁，以百姓為芻狗。」那麼，鬥獸場的纏鬥廝殺，是誰不仁呢？

其實，造化與蒼天應該自有其道，否則，慈悲不會化成如此殘酷。此點，可以從龐貝（Pompeii）古城廢墟的所展現的一切，瞧出端倪。古城廢墟宛如一顆時光膠囊，帶我們穿越，瞧見那時期城民的貪婪、奢侈、荒淫、頹廢，以及墮落等劣根性。即使在時空交替下的今天，從廢墟的蛛絲馬跡來看，依然可以體察到那雖已歷經千年卻仍存在的人性弱點。

是人的原罪過於深重？抑或冥頑不靈是人的天性？否則，造化不會讓人走完了一個輪迴，又再步上另一個輪迴！

究竟何時，人類才能停止這些無情的互爭互鬥呢？難道，需要再一次的龐貝災難，方能停歇?!唉，當然要記住龐貝的鑑戒！

・二〇〇五年八月十二日

・於羅馬鬥獸場

荷蘭篇

11、終償宿願兒時夢

11、終償宿願兒時夢

終至荷國阿丹城
一償宿願兒時夢
童話王國不是夢
鮮花風車乳酪香
人間天堂在汝心
憑君一念定運命

人生本來就是苦與樂交織相雜的，快樂並不會憑空而降，而必須自己去發現、去尋找。就拿這次把握機會歐遊來說，難道不是一個成功的寫照?!

此次歐遊，能夠順道拜訪低地國荷蘭首府——阿姆斯特丹（Amsterdam），對我而言，具有很深的意義。因為，它讓我一償兒時以來的宿願。

猶記得國小課本中，荷蘭女孩堵堤營救村民的故事。這故事增添了我對荷國的好感，也更企盼有朝一日能夠親訪此地。

如今，我雙足踏踏實實踩在這塊潔淨的土地上，清新而溫馨的空氣在我的鼻息間交融，一切的感覺是這般美好。多日來長途跋涉的身心疲憊，竟也瞬間隨風而逝！

旅行真好！事實上，人的一生本來就是融合了「酸、甜、苦、辣」滋味的一場旅程，而此次歐遊，則屬於甜美的一環，我當然要格外珍惜！

其實，「人生如夢，夢如人生」，一點也不假。

尤其，在苦多於樂的人生，若能多做些美夢，對於舒緩情緒或壓力，應該很有幫助。更何況，不少夢是有可能實現的。就拿荷蘭之旅為例，的確讓我驗證了，造訪童話王國真的不是夢。

回想，大夥兒坐在頗具詩意的玻璃船上，順著運河行駛，一眼望去，盡是五彩繽紛的積木式建築與街景。頓時，兒時的記憶，歷歷浮在眼前。

特別是，驅車前往阿丹城近郊賞景時，深深感覺到，荷蘭予人以純樸而又篤實的氣質——那也是我們台灣人曾經擁有，而又漸漸失去的可愛氣質。

想想：荷蘭至今仍保有鮮花、風車，以及乳酪香，這是她們的傳統，也是她們的驕傲！而台灣呢？如今，除了急功與近利外，我們所剩無幾！

我，生於斯土，長於斯土，也深愛斯土。對於台灣，雖然不免會有苛責，但卻始終未曾絕望與厭棄。

這次的歐遊，我感覺收穫滿滿。事實上，我一直有個信念：「人間天堂在汝心，憑君一念定運命。」

因為，人生本來就是苦與樂交織相雜的，快樂並不會憑空而降，而必須自己去發現、去尋找。就拿這次把握機會歐遊來說，難道不是一個成功的寫照?!

・二〇〇五年八月十三日

・於荷蘭阿姆斯特丹

德國篇

12、夢似萊茵水上舟

瀰江柔婉似飛燕
萊茵玉環相比肩
咖啡香濃紅酒醇
蘿姬歌聲已杳渺
人生多夢又多愁
恰似萊茵水上舟

人一生做過的夢究竟有多少？也許，多如萊茵河上的遊輪吧。緣，人生的遇合機緣是如此奇妙又難以解釋；而夢，何嘗不是造化賜給我們的珍貴禮物！

今天清晨醒來，心情格外興奮。因為，我魂牽夢縈已久的萊茵河（Rhine River）之旅，即將在今天美夢成真。

早餐後，我們的專車自科隆（Cologne）奔向萊茵河谷而去，然後改搭遊輪「蘿蕾萊號」（Loreley-line）往東行。

的確，萊茵河的美是難以言喻的。

河流兩岸，皆是綠野遍布的葡萄莊園，以及聳立巖崖之上的中古世紀城堡。其城堡之多無計其數，而且，建築的風格各異其趣。我和妻佇立在遊輪的船尾，凝望那色調深淺不一卻又相互輝映的碧水藍天。

眼前美景，令我憶起當年，與妻遨遊桂林灕江時，類似的感動與震撼。兩者的美，皆叫人驚豔，卻又難分高下。我只能說，若把灕江的柔婉比作趙飛燕，則萊茵河的美豔，或可以與楊玉環相媲美。真可謂「燕瘦」、「環肥」，各得其美。

我和妻徜徉在碧水藍天的懷抱裡，珍惜這一生中難得浪漫的當下。我們一面啜飲著，阿棠兄破費買來，經萊茵河水灌溉孕育而成的葡萄醇酒；一面遊目四望，飽覽兩岸河畔迷人的景色。

美酒飲畢，仍覺得意猶未盡。故而，又買了兩杯咖啡相佐，增加情調。想著，這萊茵河遊輪上濃醇的咖啡香氣，也將會成為我們日後難忘的回憶吧！

遊輪繼續東行，我的心境依然興奮無比。

尤其，船行至蘿蕾萊（The Loreley）附近，騷人墨客筆下，那淒美動人的曠世典故，驀然歷歷如現在我的腦海。我忍不住心緒激動，輕輕喚了一句：「蘿姬！」然而，江聲無語。如今哀怨的故事依舊流傳人間，而，美人何在？

可不是?!光陰的腳步遠了，卻留下了多少故事！不論是淒涼哀怨的羅曼史，或是唯美動人的傳奇。不變的是，光陰它永不留人。

人的一生，多夢多愁，難以計數。也許，它們正如同萊茵河上來往穿梭的遊輪，不知凡幾吧。不同的舟船上，乘載著不同的遊客，他們來自世界各地，各有不同的文化背景，也懷抱著不同的理想與人生哲學。

不過，有一點是共通的：大家都是為了一睹萊茵河的風采而交會於此。然而，明天過後，你我又將各奔西東。

緣，人生的遇合機緣是如此奇妙又難以解釋。而夢，無論是夢想抑或幻夢，又何嘗不是造化賜給我們的珍貴禮物?!

・二〇〇五年八月十四日
・於德國萊茵河上

13、智者曠達心自安

青空彎月惹閒愁
綠野草浪盪悠悠
我欲乘風問太虛
伊甸美境有幾許
人生苦樂本參半
智者曠達心自安

人生不免會有悲傷或惆悵之時，但也不乏歡樂與欣喜的時光。聰明人會放大快樂，留下美好，只有愚蠢的人才會顧影自憐，陷溺於傷風悲月的愁緒中無以自拔。而我，願是一位智者，你呢？

德國海德堡（Heidelberg）是個著名的大學城，在《學生王子》這部知名老影片的印象中，我對她早已心儀已久。

今日得以親訪，實在也是一種福分。除了欣賞她的古樸之美外，同時，也勾起了我對已逝大學生活的思念之情。不禁感嘆逝者如斯，那秉性單純、無憂無慮的時光，已不在（再）！

的確，生命中有許多片段是一生難得的。往往，人在事過境遷之後，才驀然回首，想要珍惜把握，卻已遲矣！

懷著一股既滿足卻又失落的複雜心情，離開了這生命中或許無緣再次晤面的古城。內心告訴自己，應該要珍惜往後的每一次機緣。

車子繼續開往佛萊堡（Freiburg），窗外，仍是綠油油的一片，歐洲田野的景色，總令人感受到一股無名的心曠神怡。

行進間，同遊的團員們，多半已在閉目養神。而我，卻不願錯失所能補捉到的任何一片風景，我的雙眼，始終不停地盯著窗外看。

從車內座位上，仰望著澄淨如鏡的青空，一輪彎月高掛其間，竟無端惹起我些許浪漫愁緒。而一望無垠的綠野上，芳草萋萋，草浪陣陣，隨風盪漾，彷彿散發著柔情萬千。啊！此時此地，斯情斯景……，皆令我內心悸慟不已。

眼前所見的一切，霎時讓我有一股莫名的衝動。而如果我能，我真想乘風飛去，詢問太虛：這穹蒼大地，還有多少地方像這兒一樣，美得詩情畫意，又如伊甸園一般，呈現著歲月靜好、無憂無慮?!

太虛定然不語，而我又何須問！正如同此次歐遊，所到之處，所見一切，何曾不美？

車子繼續在鄉間小道中穿梭馳驅，雖然，兜風的經驗人皆有之，但能夠享受如此詩情畫意的氛圍，並非常有。尤其，想到今晚將寄宿佛萊堡的鄉間旅店，一享「山居歲月」的體驗，大夥兒都興奮不已。

能有這樣的機緣，除了心存感恩之外，還真該珍惜呢！

其實，人生寒暑不過數十載，往往苦樂參半。當然，不免會有悲傷或惆悵之時，但也不乏歡樂與欣喜的時光。

面對人生的現實，聰明人他會放大快樂歲月，留下美好，而只有愚蠢的人才會顧影自憐，沉陷溺於傷風悲月的愁緒中無以自拔。

而我，願是一位智者，你呢？

・二〇〇五年八月十四日

・於德國海德堡往佛萊堡途中

14、同緣鴻飛共舟誼

修得同緣鴻飛渡
夜宿山林論今古
遠慮近憂皆無影
酒酣詠歌樂昇平
共舟之誼應寶惜
此情可追常相憶

難得大家同修此緣，像飛鴻一般遠渡重洋，在大地的某一海角水涯，留下雪泥鴻爪。同宿山林，把酒談杯，歡笑暢飲，將久遠的愁慮或近日的憂傷，全都拋到腦後，令其遁形無影！

對於德國「黑森林」（Black Forest）的印象，原以為是一片烏漆、濃密、不見天日的晦暗樹林。直到親臨其境後，才發現她其實是一座純真又饒富詩情畫意的森林。

今晚，我們有幸投入她的懷抱，下榻於佛萊堡（Freiburg）的山中旅店。應該是第一次吧，我們能夠如此近距離地感受田野的芳馨，在大自然的懷抱裡，漫步於山林中而自在地深呼吸。

坦白說，這是之前在台灣我未曾有過的體驗，也是一生中難得的經歷。旅店矗立在山林之間，整個畫面卻顯得相當協調。這兒沒有人潮，沒有噪音，也沒有汙染。有的，只是親切的服務人員，以及難得放鬆心情的旅人。當然，旅店周遭怡人的布置與景觀，更是令人難以忘懷。

今天的晚餐，是在既祥和又溫馨的氣氛下進行的。菜色雖非山珍海味，但味道鮮美，令人口齒留香。或許，這與此時輕鬆的心情以及令人愉悅的客居環境有關吧！

餐後，阿棠兄嫂請大夥兒喝飲料，地點是在旅店咖啡廳外的屋簷下。大夥兒一面欣賞夜色，一面天南地北地閒聊。這樣的機緣與場合，我想，任何人的一生中恐怕都是少有的吧！

尤其今晚，難得大家能夠同修此緣，像飛鴻般遠渡重洋，在大地的某一海角水涯，留下雪泥鴻爪。彼此同宿山林，把酒酣飲，談今論古，將久遠的愁慮或近日的憂傷，全部都拋到腦後，令其遁形無影！

此時，在座所有人可謂酒足飯飽，喜笑顏開，其樂悠悠。

頓時覺得這人生好美！真是好美！

雖然，明知這種感受只是極短的剎那而已。不過，佛經說，整個人生，其實是幾兆億個剎那之總和也。重要的是，珍惜過程中的所有美好感受，而不在於永恆地擁有。

就拿今夜大夥兒的聚會為例，此種同舟之誼，在一生中也並非經常可遇的緣分。再幾天後，大家都會回到各自的崗位。而這些情誼，也只有留待吾人日後去追憶和回味了。

・二〇〇五年八月十四日

・於德國佛萊堡山中旅店

瑞士篇

15、山嵐縹緲任悠游
16、學那飛鴻踏雪泥
17、牛鈴叮噹任逍遙

15、山嵐縹緲任悠游

景致天成可堪誇
千湖之國美如畫
中庸之道是民風
群峰環抱綠蔥蘢
甚願長住看牧牛
山嵐縹緲任悠游

群峰之間升起一股山嵐，悠閒地飄浮在遠處山腰，所謂山在虛無縹緲間，所謂隨緣任自在的意境，應該就是斯情斯景吧！感動之餘，內心不禁吶喊：「不羨天堂不羨仙，誓願終老在此間！」

瑞士風景之美，雖然早已耳熟能詳了，但對她的認知，其實多半得自於旅遊雜誌，或影視上的報導。這次旅遊是首次造訪，可謂美夢成真，得償所願。

今天，又是一個令人終生難忘的日子。早上，全團一行人從德國佛萊堡（Freiburg），搭車前往瑞士的盧森城（Lucern）。

在未抵達目的地之前，光是沿途的窗外景色，就已令你為之著迷了。

遊覽車在群山峻嶺中穿梭，就像一輛載滿著朝聖者的專車，懷著聖潔無比的心靈，投向大自然的懷抱，眼簾所見以及內心所想，盡是真、善、美的事物。

說實話，一生中難得表露的典雅而脫俗的氣質，竟然，在踏上瑞士的土地時，突然間都蹦發了出來。或許，這也是一種觸景生情吧！

如果以「景致天成美如畫」，來形容這擁有無數冰河與湖泊的瑞士花園，那真是一點也不為過！

我曾走過千山萬水，也曾見識過無數佳景，卻未曾有過一處能夠媲美瑞士的氣質之美。她，端莊婉約而不過於古板拘謹。她，壯麗玲瓏而不失典雅活潑。

可以說，眼前所接觸到的一景一物，無論是青山、綠水、湖泊，以及牛羊，都足以洗滌焦躁煩惱的心靈，而油然感動於天地之美。

尤其，這兒的民風崇尚自然，生活追求中庸之道。此點，可以從瑞士人的個性及處事看出來。瑞士人生活雖講究但不奢侈，雖精緻卻不浪費。總之，追求的就是一個簡約務實的低調幸福。

僅僅想到瑞士的美麗山川和樸實低調的民風,已十足令人羨慕了。再加上,高所得、高福利的優質生活，就更讓世人幾近於嫉妒了。

我心中思緒萬千，貪婪的眼睛卻絲毫不肯放過窗外的任何美景。多麼美！山峰河谷，草地農莊，無一不美！

突然發現，群峰之間升起一股山嵐，悠閒地飄浮在遠處山腰。所謂山在虛無縹緲間，所謂隨緣任自在的意境，應該就是斯情斯景吧！

啊！如詩的情境，如畫的美景，我的內心不禁激動吶喊：

「不羨天堂不羨仙，誓願終老在此間！」

・二〇〇五年八月十五日

・於德國佛萊堡往瑞士盧森途中

16、學那飛鴻踏雪泥

青山綠水碧幽幽
湖光山色無塵垢
詎料欣入桃花源
如詩如畫夢翩躚
登臨鐵山童心起
學那飛鴻踏雪泥

想像自己如同那飛鴻，在雲霄間翺翔萬里，偶爾駐足在雪泥地上，只為留下那屬於自己的，彌足珍貴的鴻爪。儘管，在浩瀚的宇宙和時間長流中，這偶然留下的雪泥鴻爪，顯得那麼渺小和短暫。

坦白說，瑞士風光之美，幾乎是三天三夜也說寫不完的。她的美舉世無雙，誠非虛言。或許，每個人對美的欣賞角度不同，當然，對美的定義也就有所異了。

我對瑞士之美的欣賞，除了推崇她的自然之美，也偏愛她的簡樸之美。的確，徜徉在這美得令人屏息卻又思緒飛越的佳境，內心真的無比舒暢，那是一種無拘無束的自然，也是一種忘卻人世間紛紛擾擾的單純。而這人生，還會有什麼境界，比「自然」與「單純」更為真實而美好的呢？

事實上，瑞士景色的自然與單純，就表現在她的青山與綠水，一切都是那麼地澄澈湛藍，而無須增添其他的色彩，即能表現得那麼落落大方，典雅脫俗。

因此，觀賞瑞士佳景，你定然會發現到，她的湖光山色之純美，幾乎是絲毫不受到娑婆世界的紅塵所沾染，而聯想到，她那「出汙泥而不染」的氣宇，真是凡塵世上所少有。

若非實地到瑞士來親睹她的好山好水、一草一木，你可能不會輕易相信，這世上真有，像瑞士這般迷人的世外桃源仙境。而且，不僅是要用眼睛去看，用耳朵去聽，用鼻子去聞，甚至還要用心靈去感受才能完全領略。

我想說，她如同一首詩，卻又那麼地真實；說她像一幅畫，卻又如此地脫俗；說她同時兼具詩與畫的特質，卻又如同夢境般縹緲、虛無……

總之，光憑這支禿筆，實在無法形容瑞士她難以言盡的美。

為此，我也寧願拾棄對景物巨細靡遺的刻畫，而只著重在我個人心靈感受的發抒。我想，用這種方式來詮釋，才符合我執筆這本遊記的初衷。

尤其，我真的非常欣慰，能有這樣的機緣登遊鐵力士山（Titlis Mountain），與妻佇立在山腰，瞭望遠處那白雪皚皚綿延不斷的山景。

坦白說，這是一生中第一次，我們倆像天真無邪的一對孩童，暫時拋開塵囂的一切，無憂無慮、了無牽掛地玩耍，忽而堆雪人，忽而打雪仗，盡情徜徉在這片潔淨而廣闊的銀白世界中。

這時節，想像自己如同那飛鴻，在雲霄間翱翔了萬里，偶爾駐足在雪泥地上，只為留下那屬於自己的，彌足珍貴的鴻爪。儘管，在浩瀚的宇宙和時間長流中，這偶然留下的雪泥鴻爪，顯得那麼渺小和短暫。

・二〇〇五年八月十五日

・於瑞士盧森鐵力士山

17、牛鈴叮噹任逍遙

牛鈴叮噹雲飄飄
浩瀚穹蒼任逍遙
牧草鮮美天地寬
世事於我何又干
弱水三千飲不盡
獨飲一瓢莫心貪

弱水三千，我只取一瓢飲。我也想，像鐵力士山麓下的叮噹牛兒一樣，逍遙自在地徜徉在綠野之上，心滿意足地享受腳邊鮮美的牧草，珍惜眼前的美好。

到瑞士旅遊的人們，總不會錯過搭乘纜車攀登鐵力士山（Titlis Mountain）的行程，因為，那是一生難得的一種經歷。

尤其，對生長在亞熱帶氣候的我們，鐵力士山的雪景，絕對是視覺感受上的難得經驗。因此，內心體會也就顯得格外刻骨銘心了。

真的，這裡的一草一木，都讓我愛不釋手，感動不已。倘若不是受到現實時空的束縛，真想與這片土地長相廝守，甚至終老此地，也會無所遺憾！

看到鐵力士山麓下的那些牛兒們，不免心生羨慕之情。試想：在浩瀚穹蒼之下，高山河谷之間，滿目盡是鮮翠欲滴的田野，一片安詳寧謐；而白雲飄飄，涼風習習，一群群健碩的牛兒們，自由自在地在寬廣的草原中悠閒漫步。

牠們咀嚼的是味甘汁美的牧草，呼吸的是與世無爭的和風。更有趣的是，牠們頸上都配帶著一串銅鈴，在進食間，此起彼落地叮噹作響，雖不很成調，卻相當和諧。如此景象，刻畫出了一幅頗有意境的「叮噹牛兒逍遙圖」。

不禁聯想，鐵力士山麓下的牛兒們，似乎在告訴來此一遊的旅客們：這兒不僅山青水碧風景絕佳，而且，周遭的牧草也是非常鮮美，我們過得很好！有關你們人間的凡塵世事，對我們來說，實在一點也不相干！

的確，這樣的佳景，一生中見不到幾回；而這樣難得的意境，若不是有今天的機緣，恐怕也不是能夠輕易巧遇的。

乍然想起賈寶玉的話來——「弱水三千，我只取一瓢飲」，這句話聽說原出於佛經。其本意是，世界上有太多美好的東西，我們僅須好好把握一樣就足夠了，太貪心反而會失去更多。

誠然，只有過分貪婪執著的人，才容易掉入野心勃勃、爭名競利的泥淖中，在多變而無常的娑婆世界裡迷失自己。達觀的人則不然，他胸懷博大，態度瀟脫，低調生活。

我也想，像鐵力士山麓下的叮噹牛兒一樣，逍遙自在地徜徉在綠野之上，心滿意足地享受腳邊鮮美的牧草，珍惜眼前的美好。

・二〇〇五年八月十五日

・於瑞士鐵力士山纜車上

法國篇

18、閒情逸致香榭道

雍容典雅巴黎橋
閒情逸致香榭道
世上或有諸名城
若比花都難與爭
緣住二宿雖鱗爪
已勝無緣空留憾

雖然，留下的點滴如同爪般的片段。但是，能夠有這樣的因緣與際會，比起那些尚無此機緣的陌客，我們已算是三生有幸了！這樣的福分，豈能不深加珍惜?!

巴黎——這個浪漫之都，是此次歐遊的眾多景點中，少數令我夢寐以求的都市之一。雖然她的盛名縈繞在我腦海深處，已達數十年之久，可惜的是，始終未有機緣能身臨佳境，一親芳澤。今天到此造訪，竟然一見如故。或許是因為長年以來，對她有頗多的關注，是故早以對其諸多人文地景爛熟於胸吧！

事實上，巴黎有太多太多可以描述與讚頌的地方，真所謂不勝枚舉。舉凡歌劇院、協和廣場、艾菲爾鐵塔、聖母院、拿破崙墓、凡爾塞宮、羅浮宮，以及香舍里榭大道（Champs-Elysees）等，皆屬世界首屈一指的景點。此外，巴黎市內還建有許多橋樑，光是跨越塞納河而建的就有三四十座。

不過，我卻對那可車行十二線的香舍里榭大道特別感興趣。不為別的，只因，佇立在大道上，能夠真正感受到巴黎的獨特氣質。同時，也能深刻體驗到，巴黎人與眾不同的生活品味與風格。

巴黎城市氣質之雍容典雅，是舉世無雙的。這，可以從她古樸而高雅的各式建築、橋樑，以及頗富文藝特色的諸多古蹟中望出端倪。尤其，巴黎人在生活品味與風格上的閒情逸致，在獨一無二的香榭大道上，更是顯現得淋漓盡致。

真的，任何人走在大道上，都會發現，這兒的行人相當悠「閒」，而且，他們的所有舉止與作為，充滿著浪漫「情」趣。因此，你會相當認同他們是一個安「逸」的民族。尤其，表現在生活上的興「致」，可能是其他民族所少見的。

或許，在千里遊蹤以及繞著地球跑之餘，你會發現，這世上，或許有不少地方可稱得上名城，然而，你可能會認同，幾乎沒有一個地方，可以比得上這花都的「雍容典雅」以及「閒情逸致」。

的確，這是一個令人流連忘返的世外桃花源，然而，花都雖美，終須一別。不禁想起，當年詩人徐志摩有幸緣繫巴黎，因而，《巴黎的鱗爪》之佳作留傳後世。而我們一團三十人也算有幸有緣，能在花都作客三天兩宿。雖然，留下的點滴也如同鱗爪般瑣屑、片段。但是，能夠有這樣的因緣與際會，比起那些無緣親眼見識巴黎者，我們已算是三生有幸了！這樣的福分，豈能不深加珍惜?!

・二〇〇五年八月十六日

・於花都巴黎香舍里榭道

19、城開不夜紅磨坊

城開不夜紅磨坊
舞榭歌台賓客滿
驪歌輕唱歡聲歇
意猶未足不忍別
人間有情常歡會
與君同醉莫辭杯

雖說人生苦多樂少，難免遭逢困厄，但人間世上其實也不乏仙樂處處飄。歐洲之旅即是一例，而紅磨坊之行更是難得的體驗。

巴黎的美，真的不是三言兩語可以說盡的。她，非僅有豔麗之美，更不乏氣質之美。尤其，紅磨坊（Moulin Rouge）的盛名，更可以凸顯出，巴黎之所以號稱「花都」的獨特。

到過巴黎的各國旅客，無論男女，很少不專程去造訪紅磨坊的。當然，有些是慕名而至，有些卻是，純為滿足好奇心而去的。我和妻呢？則前兩種理由兼而有之。

雖然，入場費貴得嚇人（當年美金一百二十元票價）。但信不信？這個價格卻沒有嚇退迷哥迷妹們，而是全場爆滿，是絕對的座無虛席。而且，座位窄得可憐，不要說轉身，就是打個噴嚏也很不方便。你瞧！如此逼仄的場地，居然還要在好幾天前預約，才能購得一票。

不過，肯定值回票價！倒不是因為美女如雲，也不是因為舞者身材火辣、舞姿曼妙。而是，一生中，你可能很少有機會能夠體驗到，那種難以名狀的興奮喜悅之感。

想想：手中擎著香檳杯，嘴裡啜著美酒，雙眼凝視著五光十色、精彩紛呈的夜總會節目。有一點醉意，卻又十分清醒，徜徉在勁歌熱舞、城開不夜的紅磨坊。坦言之，一生中，從來也沒有過這樣的經驗。

說也奇怪，真正置身在這難得一見的舞榭歌台時，竟然懷疑起，此時、此地、此景，它可是夢否？直到歡樂時光不知不覺流逝，驪歌悠然輕唱，眾舞者也在幕前致謝答禮後，猛然一醒，才知道，所有的人、事、物都不是夢境。

這樣的場景，對一向生活較為保守嚴肅的我而言，的確是一種特殊的體驗。說不上好與壞，卻是我未曾有過的經歷。

紅磨坊之行，帶給我相當不同的感觸——尤其，對生命與生活的態度。

雖說人生苦多樂少，難免遭逢困厄，但人間世上其實也不乏仙樂處處飄。歐洲之旅即是一例，而紅磨坊之行更是難得體驗。

想想：如同蘇東坡所言：「世事一場大夢，人生幾度秋涼。」我們若能感悟生命無常，就該珍惜當下，找機會常與親友相聚歡會，與君同醉莫辭杯！

・二〇〇五年八月十七日

・於巴黎紅磨坊

20、師匠輩出蒙馬特

細雨飄飄蒙馬特
師匠輩出名顯赫
戰神山丘藝之鄉
耳濡目染樂陶然
若得名師多薰習
人生或將更豐彩

我們這一生中，倘若能夠多些機會親近名師與巨匠，受到更多薰陶，那麼，人生縱然短暫無常，一樣能夠綻放更多華彩，更加豐富深刻！

在巴黎，雖然前後待了三天兩夜，但也只能走馬看花，略略瀏覽一些重要景點而已。說實話，有太多值得看的文物，然而，只能淺嚐輒止。在這樣有限的時程下，是無法讓所有團員盡飽眼福的。

所幸，蒙馬特（Montmartre）之行的安排，至少，在遺憾中獲得了些許補償。

蒙馬特位處巴黎城近郊的山頭，在初抵蒙馬特時，正飄著濛濛細雨，越發顯得羅曼蒂克和詩意。

據說，此處是巴黎著名的人文萃集之處，因而，吸引了不少性喜風雅的旅客們到此一遊。此外，從這兒往下眺望，也可觀賞到巴黎市的全景。

當地導遊也熱心地對我們說，佇立在蒙馬特的山頭，巡禮花都，她的一景一物一覽無遺，可說巴黎的藝術精華全濃縮成一幅畫面，呈現在吾人眼前了。

事實上，說她是巴黎藝術之鄉，一點也不為過。因為，這兒的特色，除了盛產畫家之外，就屬騷人及墨客最多了。

幾乎每走十步，就可以發現一位具有相當潛力的名師或巨匠。他（她）們，個個聚精會神地為旅客們素描作畫。除了，為自己賺點收入之外，無疑地，也為自己累積了更多寶貴的經驗。

據聞，這兒出過不少名畫家，因而，更吸引了不少後進匯集在此山頭。面對一生中未曾見過如此畫家村的我，真是感到三生有幸。

而駐足在此地，就算不想耳濡目染，恐怕也難了。可惜的是，當時我沒有找一位畫家幫我繪個畫像，感到很後悔！因為，說不定，當時我有機會被將來可能成名的畫家畫像過呢！

依我的心性而言，蒙馬特是個十分令我心儀的地方。不知何故，對她，我總有似曾相識的感覺，也情有獨鍾。

我希望在此能夠駐留久些，但時間是個殘忍的使者，我們為奔下一個行程，不得不與之告別。一樣的細雨天，只覺得詩意濃濃，離情依依。

再見蒙馬特，是我的小小心願，不為別的，只為讓似曾相識更為似曾相識。

我在想：倘若這一生中，能夠多些機會親近名師巨匠，受到更多薰習，那麼，人生縱然短暫無常，一樣能夠綻放更多華彩，更加豐富深刻！

．二〇〇五年八月十七日

．於巴黎蒙馬特山頭

21、騷人墨客和平會

騷人墨客和平會
志摩亦曾座上賓
此行造訪為那般
慕名風雅儷影雙
吳下阿蒙羞淺陋
他日奮起當封侯

每一個日後成名的畫家、詩人、藝人，或各行各業的名人，在剛出道時，罕見是一鳴驚人、一炮而紅的，他們大都有過一段沒沒無名的時期。相信支持他們前進的動力，應該是內心所抱持的憧憬和希望。而唯一的信念是：「吳下阿蒙羞淺陋，他日奮起當封侯。」尼采也曾說：「是金子，總會發光。」

對於一向喜愛詩詞、散文的我而言，巴黎始終是我生命中相當嚮往的一個重要城市。尤其，在看了徐志摩的散文集——《巴黎的鱗爪》一書後，更添增了我對前往巴黎造訪的想望。

雖然，此次歐遊旅程中的巴黎之行，有如蜻蜓點水，每個地方僅能作短暫停留。而即便只是走馬看花，未能深刻領略，但其實也見識了不少知名景點與文物。

只是，必須承認，依然有太多的不足與遺珠之憾。此點，也只有寄望來日，期待還會有機緣再一償宿願了。

話雖如此，我對巴黎之行依然相當肯定，總覺得不虛此行！尤其，有幸得以親臨「和平咖啡屋」（Cafe de la Daix）暫憩片刻。

雖然，咖啡屋在歐洲各國隨處可見，是他們的生活日常，就像台灣的超商一般。不過，和平咖啡屋非比尋常，在巴黎那可是赫赫有名。

此屋建築奢華浪漫、高貴典雅，生意非常興隆，幾乎無時無刻都是高朋滿座，尤其是騷人、墨客或藝人經常聚會於此，簡直就是藝術沙龍。

據當地導遊說，昔日詩人徐志摩遊學巴黎時，亦曾是此屋的座上賓。

在瞭解了這些特色之後，正在參觀巴黎歌劇院的我，已無心久留，即刻牽著妻的手，飛奔尋找和平咖啡屋的座落處。礙於時間有限，也只能在屋前屋後大致瀏覽一下外部風貌。

只可惜，沒有充裕的時間讓我們坐下來好好品嚐一杯咖啡。還好，匆匆照了三張相片作為留念。能有這樣的收穫，雖不滿意，但也聊以自慰了！

其實，此行造訪和平咖啡屋之目的，不為別的，只是慕名而來。純粹因為這兒曾經萃集了不少賢人雅士，而在歷史的多重時空交替下，由於這些人的風雲際會，不知為時代的藝文綻放了多少光芒！

今天，我何其有幸，能夠親臨此屋，並一睹風采！否則，咖啡的濃郁即使再香，也比不上那詩意的書香濃郁！

尤其令我深深感懷的是，如同在蒙馬特（Montmartre）的感受：每一個日後成名的畫家、詩人、藝人或各行各業的名人，在剛出道時，罕見是一鳴驚人、一炮而紅的，他們大都有過一段沒沒無名的時期。

相信支持他們前進的動力，應該是內心所抱持的憧憬和希望。而唯一的信念是：「吳下阿蒙羞淺陋，他日奮起當封侯。」

尼采也曾說：「是金子，總會發光。」意思是，只要自己具有才能，靠著自身的努力，就一定會被發掘，發光發熱。

我想：今天這樣的見聞與感觸，對於心境正處於亟欲探索人生之無常與生命之無奈的我，應該是意義深遠吧！

・二〇〇五年八月十八日

・於巴黎歌劇院旁和平咖啡屋

英國篇

22、日不落國非虛誇

23、鴻飛萬里終須歸

22、日不落國非虛誇

風姿綽約倫敦堡
士紳氣宇晏然貌
白金漢宮今猶在
日不落國非虛誇
孤芳或隨山壑遠
人生逆境自策鞭

月亮本來就有陰晴圓缺之變，季節也有春夏秋冬之分。而人生的境遇，當不可能永遠是平靜無波、一帆風順。當處於逆境時，何妨試著緬懷一下美好的既往。與其妄自菲薄、灰心氣餒，何妨孤芳自賞、自我打氣一番。

倫敦，是此次歐遊的終點站。

近些天，大夥兒由於離開台灣約已半個月，難免開始生出幾許思鄉之情。但相對地，對於即將畫下句點的歐遊，卻也離愁濃濃。

因而，大家更是倍加珍惜倫敦此站的停留。雖名為前後三天兩夜的造訪，但真正算來，也僅是一天的實質行程。不過，該觀賞的景點，我們也都見識到了。

我們分別走訪了倫敦塔、白金漢宮、國會大廈、鵬鐘、西敏寺、大英博物館，以及擁有世界上最完美穹頂的聖保羅教堂等。從這些史蹟文物中，確實不難想像和體會昔日大英帝國的榮景盛況。

憶及學生時代，閱讀外國歷史及地理時，依稀記得，二十世紀以前，英國國力之強盛正值顛峰，堪稱當時的世界霸權。誠然，「日不落國」的雅號，絕非浪得虛名。

諸多成就，依然可以從今天猶存的文物中，望出端倪。坦白說，倫敦的雍容華貴之美，應歸入大家閨秀之列，而絕非小家碧玉所能攀比。

事實上，整個倫敦市，看起來就像中古世紀的一座古樸典雅城堡，其風姿之綽約，是今天國際都市中所少見的。

我想，這樣的風範，應該得自於歷史名門輩出，以及顯赫的盛世吧！

無怪乎，倫敦人至今仍保有著外人所難以仿效的士紳氣宇，以及晏然自得的特質風貌。

而最令我佩服的是，雖然，今日的英國已失去昔日的霸權地位——事實上，無論是政治上或經濟上的國勢，皆已漸趨式微。不過，英國人並不因此而貶低自己的身價，或矮化自己的氣勢。他們似乎還能保持著一種心境——任它今世何年何月，猶自端坐在白金漢宮裡，而無視世局已然千變萬化（這是否也是一種「境隨心轉」呢？）。

其實，月亮本來就有陰晴圓缺之變，季節也有春夏秋冬之分。而人生的境遇，也不可能永遠是平靜無波、一帆風順。重要的是，當處於逆境時，何妨也試著緬懷一下美好的既往。與其妄自菲薄、灰心氣餒，何妨孤芳自賞、自我打氣一番。

回想這次歐遊的旅程，無論再怎麼美好，也終有結束的時候。是誰說？「不在乎天長地久，只珍惜曾經擁有！」

這樣的心態，對於這無常且多變的人生，或許也是一種應對之道吧！

・二〇〇五年八月十九日

・於英國倫敦

23、鴻飛萬里終須歸

艙外明月掛高高
敢是十五圓圓月
燕雀安知鴻鵠志
凌風展翅向天池
海天遊蹤宿願遂
鴻飛萬里終須歸

能夠海天遊蹤，本是人生中難得的福分。只不過，飛鴻在遨遊萬里之後，終究仍須歸返他的所來處。縱然如此，我仍會以平常心期待來日，能夠再有更多豐碩之旅的機緣與福報。

此次歐洲之旅，前後總計十八天，今天，終於要踏上歸程了。雖然，身體不免疲憊，內心也有幾許思念故鄉之情。然而，一旦要結束，卻又令人依依難捨。可喜的是，寶山不空回，滿載見識與歡樂而歸！

不可否認的，對於這次歐遊，我真的非常滿意。除了重點式地，欣賞到嚮往已久的多處美景外，透過領隊及當地導遊的詳細解說，也讓我們在短時間內，很有效率地增廣見聞。尤其，藉著相機，捕捉到了不少珍貴的美景。

值得一提的是，在這些日子裡，我也針對印象較為深刻的美景與見聞，譜下了二十三首詩，作為此次歐遊拾穗的另一見證。

說實話，如果沒有這次歐遊，就沒有那些美景佳照，也無法增廣見聞，更沒有這些難得的二十三首詩作為拾穗。

可以說，這是一次豐碩之旅，更是我的福報。因此，我的內心，除了滿心的喜悅外，更是充滿了感恩之情。

深夜，荷航的客機承載著我們飛向歸程。隨行的團員們，大都扛不住旅途的勞累，紛紛在座椅上或憩或睡。

唯獨我，複雜的心緒趕走了睏意。

我望著客艙外，澄澈無比的太虛中，明月高掛，清輝萬里。

她，皓皓如雪，晶瑩絕倫，讓人以為是八月十五的中秋圓月呢！從來，我不曾如許地親近過月兒，那種難以名狀的心緒，是一種真實的歸屬感，也是另一種浪漫。

此時，真想推醒一旁熟睡的妻，卻又不忍打擾她的清夢。

沉思是孤獨的，但我仍繼續翱翔在我思緒的太虛中，輕安自在。

客艙內眾人皆睡，而客艙外依舊萬籟俱寂。靜，主宰了一切；而這靜，在時空的洪流中，劃下一刻美麗的休止與逗點。

這時刻，月兒好似一盞孤燈，她，高掛太虛。而我，猶若天涯一孤鴻，在月光的指引下，凌風展翅，飛向歸程。

這種意境真美，而這種感覺，更是詩情悠悠。

我真希望時光能夠暫留，讓我充分享受當下，則或許，永恆將為我所擁有。

然而，畢竟這僅是在浮雲仙境下的我，一時的想望。

其實，能夠得償宿願，海天留下遊蹤，本是人生中難得的福分。只不過，飛鴻在遨遊萬里之後，終究仍須歸返他的所來處。

可不是？人生的意義，原就是多重的歷練與成長。因此，對於不可知的未來，我仍會以一種平常心期待著，希望來日能夠再有更多豐碩之旅的機緣與福報。

・二〇〇五年八月二十一日

・於阿姆斯特丹返台荷航機上

側記

雪泥鴻爪歐遊行程表

雪泥鴻爪歐遊路線圖

旅遊經歷的55個國家

雪泥鴻爪歐遊行程表

旅遊行程－鳳凰旅遊：[illegible]18天

2005年（民94年）8.4～8.21［18天］

第 一 天　台北－維也納 VIENNA（奧地利）

08月04日
星 期 四

下午由中正機場，搭乘荷蘭皇家航空公司班機，飛往奧地利首都維也納。

第 二 天　維也納

08月05日
星 期 五

清晨抵達維也維，接往市區觀光：奧匈帝國極盛時代所建的熊布朗皇宮、美不勝收的御花園、賀福堡宮、國立歌劇院、貝維第爾宮、國會、市政廳等。下午前往心儀以久的維也納森林參觀景緻特殊的地下湖，昔日實爲德軍地下工廠，沿途並造訪偉大音樂家修伯特、貝多芬作曲的名所。

第 三 天　維也納－威尼斯 VENICE（義大利）

08月06日
星 期 六

上午離開維也納，專車南行穿越阿爾卑斯山東麓，前往義大利，中午於奧地利寧靜小城克拉根福午餐。一路風景秀麗，美不勝收。

第 四 天　威尼斯－翡冷翠 FLORENCE

08月07日
星 期 日

上午遊覽馳名遐邇的水都威尼斯，由於威尼斯每年下沉，在它完全沉入水中前一遊爲快。聖馬可大教堂、聖馬可廣場，在萬千隻祥鴿飛翔中佇立，道奇宮、嘆息橋的歷史陳跡令人扼腕長嘆，更有那冶鍊科學儀器的玻璃工廠，使這水天相連的都市，在心頭永難隕滅。下午專車前往文藝復興發源地翡冷翠。

第 五 天　翡冷翠

08月08日
星 期 一

上午參觀市區，於米開蘭基羅廣場俯瞰花之都全景，後到聖母百花教堂，雕刻巧奪天工的天堂之門，並於市政廳廣場參觀雕塑精品，如海神像、大衛像等藝術精品。下午前往烏菲茲博物館參觀舉世無雙的藝術品。

第 六 天　翡冷翠-比薩-羅馬

08月09日
星 期 二

上午專車前往比薩，參觀世界七大人工奇景比薩斜塔，午餐後驅車前往永恆之都--羅馬。

第 七 天　羅馬-龐貝 POMPEII
08月10日　-蘇倫多 SORRENTO

星 期 三

本日上午專車轉往紀元一世紀爲火山灰掩蓋的龐貝古城廢墟，追憶當年的羅馬文明生活。夜宿南歐音樂之鄉蘇倫多。

第 八 天　蘇倫多--卡不里 CAPRI
08月11日　-拿坡里 NAPOLI-羅馬

星 期 四

本日上午搭船前往歐洲最爲詩意的蜜月勝地--卡不里島，換乘小船遊覽夢幻般的藍洞，洞內水色晶瑩透澈，槳翻飛若碎玉藍寶，

. 2-2 .

十分迷人，如遇風浪則轉往卡不
里島乘坐纜椅，在滿佈果園的山
坡上徐徐上昇，抵山頂後更可俯
瞰仙境似的小島全境，參觀後驅
車北上沿亞平寧山脈回羅馬。

第九天　羅馬-阿姆斯特丹 AMSTERDAM
08月12日　[illegible]　（荷蘭）
星期五　上午市區觀光：萬神殿、鬥獸場
、陣亡將士紀念堂、古市集廢墟
、君士坦丁凱旋門、許願泉等名
勝古蹟，有許多是耳熟能詳，如
今一見更是神往。下午前往天主
教聖地教皇國梵諦岡，參觀費時
一百五十年，雄偉壯麗，舉世無
雙的聖彼得大教堂，內外的銅像
、雕刻、彩石馬賽克壁畫，無一
不是超凡入勝的藝術結晶。傍晚
搭飛機飛往阿姆斯特丹。

第十天　阿姆斯特丹-科隆 COLOGNE
08月13日　[illegible]　（德國）
星期六　上午市區觀光：木鞋製造工廠、
搭玻璃艇暢遊運河、風車、鑽石
加工廠，參觀琳瑯滿目的各式鑽
石及解說。午後前往德國工商業
大城科隆，參觀宏偉壯觀尖塔高
聳入雲的科隆大教堂。

第十一天　科隆-萊茵河谷-佛萊堡 FREIBURG
08月14日　今日專車沿萊茵河谷東行，欣賞
星期日　碧水藍天的相互輝映的風景，兩
岸綠野遍地的葡萄園及雄峙奇岩
萊茵河遊河

. 2-3 .

之上的中古世紀古堡，無怪乎騷人墨客至此，鮮有對這滾滾大江水不誦詠嘆惜。下午參觀古老大學城海德堡及座落於山腰之大古堡，隨後前往佛萊堡過夜。晚餐享用風味獨特的德國豬腳，佐以德國啤酒。

第十二天　佛萊堡-盧森 LUCERN（瑞士）

08月15日
星 期 一

上午前往瑞士著名的湖城盧森，沿盧森湖畔行駛赴英格堡，升往海拔3020公尺的鐵力士山，峰上終年冰雪鎖頂，極目遠眺，峰峰相連，冰川處處，氣勢浩瀚。

一等車廂

第十三天　盧森-迪戎 DIJON（法國）
08月16日　-TGV 子彈火車-巴黎 PARIS

星 期 二

上午專車前往法國東部葡萄產區著名城市迪戎，午餐後搭乘全世界最快速的TGV子彈火車前往花都巴黎。

第十四天　巴黎

08月17日
星 期 三

全日遊覽光芒四射的花都名勝：屹立星形廣場全世界最大的凱旋門，遊人如鯽行車十二線的香含里榭大道，富麗典雅的歌劇院，寬闊堂皇的協和廣場，聞名全球的艾飛爾鐵塔，歌德藝術最輝煌的聖母院，蓋世英雄拿破崙墓。午餐後繼續參觀世界首屈一指，文物收藏豐富的羅浮宮。

. 2-4 .

第十五天	巴黎-倫敦 LONDON（英國）	
08月18日 星 期 四	上午前往近郊凡爾賽宮遊覽，此乃法國號稱太陽王路易十四所建，富麗堂皇，極盡奢華之能事，宮後御花園氣派更是雄偉繁華。下午搭機飛往英國首都--倫敦。	
第十六天	倫敦 LONDON（英國）	
08月19日 星 期 五	全日市區觀光，包括存放英國皇室珠寶的倫敦塔，白金漢宮前雄糾糾的御林軍交班儀式，議會制度起源的英國國會，二次世界大戰時倖存的大鵬鐘及埋葬歷代出名帝王將相的西敏寺，世界第二大教堂--聖保羅教堂、噴泉鴿群至的特法伽廣場、大英博物館等。	
第十七天	倫敦	
08月20日 星 期 六	今日搭機揮別歐洲返回台北。	
第十八天	台北	
08月21日 星 期 日	下午抵達中正機場，結束愉快充實的歐洲之旅。	

祝您　旅途愉快　萬事如意……

. 2-5 .

自費活動價目表

項目	地　　點	費用
德　國	萊茵河遊船	USD 20
含船資、小費、船行約1小時。		
盧　森	乘船夜遊盧森湖	USD 35
含門票、飲料、民俗歌舞、服裝表演、船行約2小時。		
巴　黎	紅磨坊夜總會	30人 USD120
表演含1小時45分，含車資、門票、飲料、小費。		
巴　黎	塞納河遊船	USD 20
船行約1小時含船票、車資、小費。		
威尼斯	舡多拉	USD 35
船行約45小時。含船票、車資、小費。		
威尼斯	舡多拉	無樂師 USD 30
船行約45小時。含船票、車資、小費。		
蘇倫多	義大利民俗歌舞表演	USD 25
表演約1小時。含門票、飲料、車資、小費。		
維也納	華爾滋樂曲舞蹈	USD 25
表演約1小時。含門票、飲料、車資、小費。		

雪泥鴻爪歐遊路線圖

台北[飛機]↓　①阿姆斯特丹（荷蘭）[飛機]↓　②維也納（奧地利）[專車]↓
③威尼斯（義大利）[專車]↓　④翡冷翠（義大利）[專車]）↓　⑤羅馬（義大利）[專車]↓　⑥蘇倫多（義大利）[專車]↓　⑦卡不里（義大利）[專車]↓
⑧拿坡里（義大利）[專車]↓　⑨羅馬（義大利）[飛機]↓　⑩阿姆斯特丹（荷蘭）[專車]↓　⑪科隆（德國）[專車]↓　⑫佛萊堡（德國）[專車]↓　⑬盧森（瑞士）[專車]↓　⑭迪戎（法國）[TGV子彈火車]↓　⑮巴黎（法國）[飛機]↓　⑯倫敦（英國）[飛機]↓
⑰阿姆斯特丹（荷蘭）[飛機]↓　台北

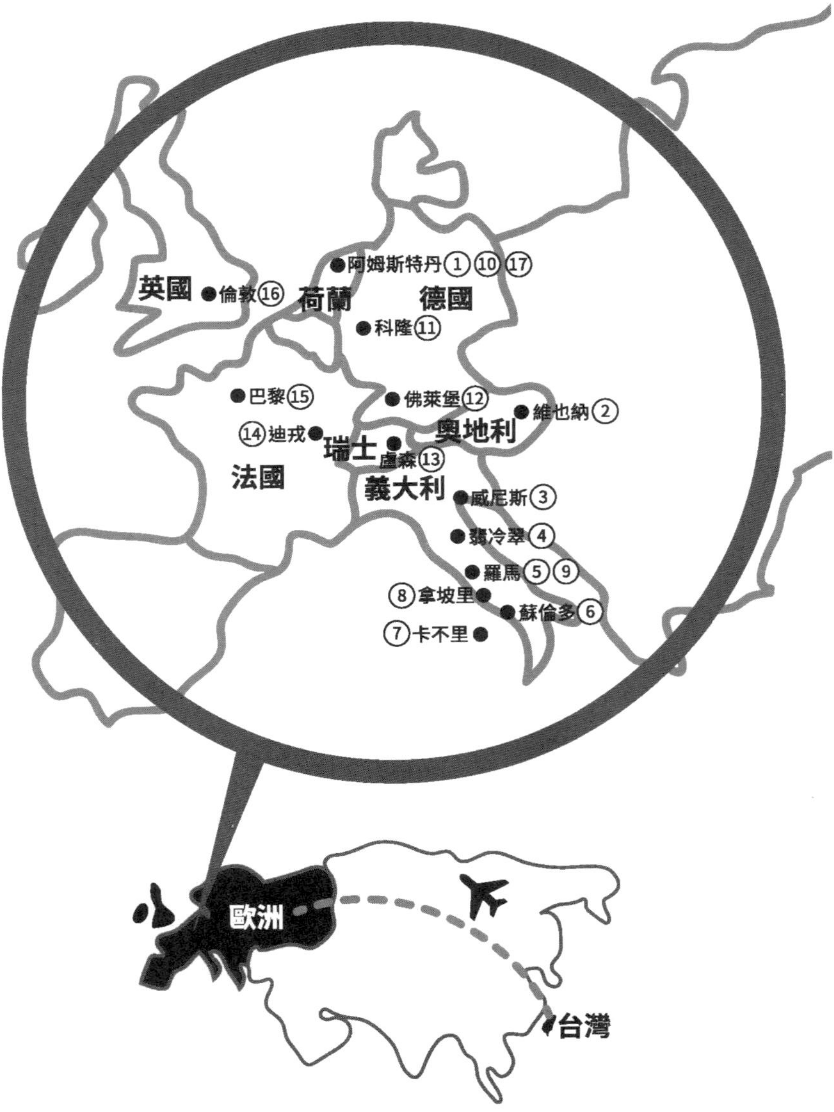
英國
倫敦⑯
荷蘭
阿姆斯特丹①⑩⑰
德國
科隆⑪
巴黎⑮
佛萊堡⑫
維也納②
⑭迪戎
瑞士
奧地利
盧森⑬
法國
義大利
威尼斯③
翡冷翠④
羅馬⑤⑨
⑧拿坡里
蘇倫多⑥
⑦卡不里
歐洲
台灣

旅遊經歷的55個國家

亞洲

中國、新加坡、日本、韓國、泰國、印尼、柬埔寨、越南、馬來西亞、印度、菲律賓、土耳其、伊朗、杜拜

歐洲

英國、愛爾蘭、德國、法國、摩納哥、荷蘭、比利時、盧森堡、奧地利、瑞士、義大利、梵蒂岡、西班牙、葡萄牙、希臘、安道爾、直布羅陀

東歐

波蘭、捷克、匈牙利、斯洛伐克

東南歐

克羅埃西亞、阿爾巴尼亞、斯洛維尼亞、蒙特內哥羅

北歐

挪威、瑞典、芬蘭、丹麥、俄羅斯、冰島

波羅的海三小國

愛沙尼亞、拉脫維亞、立匋宛

美洲

美國、加拿大

大洋洲

澳洲、紐西蘭、帛琉

非洲

埃及、摩洛哥

附錄

附錄一：作者簡介及相關著作

國立交通大學「管理博士」，國立台灣大學「學士」、「碩士」，國家高等考試「企業管理人員」及格。

國立交通大學管理科學系「退休教授」，華瀚文創科技「創辦人」兼「共同執行長」，安瀚科技「共同創辦人」兼「執行董事」，褚林貴教育基金會「董事長」兼「執行長」。

文學獎：榮獲「第四屆海峽兩岸漂母杯文學獎」（散文組第三名）。〔得獎之作：〈再老，還是母親的小小孩〉（二〇一五年六月）〕

生活散文集

1.	一天多一點智慧	一九九九年五月	高寶國際書版集團	散文
2.	境隨心轉——悠遊人生的況味	二〇〇〇年六月	高寶國際書版集團	散文
3.	笑納人生——養生、悠閒與精進	二〇〇二年十一月	聯經出版事業公司	散文
4.	話我九五老母——花甲么兒永遠的母親	二〇一二年十一月	褚林貴教育基金會	傳記
5.	母親，慢慢來，我會等您	二〇一四年五月	褚林貴教育基金會	散文
6.	母親，請您慢慢老	二〇一六年五月	褚林貴教育基金會	散文
7.	慈母心・赤子情——念我百歲慈母	二〇一八年二月	褚林貴教育基金會	散文
8.	詩念母親——永不止息	二〇一九年二月	褚林貴教育基金會	詩詞
9.	一個人陪老母旅行——母與子的難忘之旅	二〇二〇年二月	褚林貴教育基金會	小說
10.	母與子心靈小語	二〇二一年二月	褚林貴教育基金會	散文
11.	再老，還是母親的小小孩	二〇二二年二月	褚林貴教育基金會	繪本
12.	詩書畫我母從前	二〇二三年二月	褚林貴教育基金會	詩書畫
13.	卿卿我母——獻給人子者五二則孝母語錄	二〇二四年三月	褚林貴教育基金會	詩詞
14.	雪泥鴻爪——歐遊拾穗	二〇二五年一月	褚林貴教育基金會	散文

專業著作

《經營觀念論集》、《企業概論》、《企業組織與管理》、《現代企業概論》、《金榜之路論集》等。

翻譯著作

《工作評價》（*Job Evaluation*，Douglas L. Bartley著／林富松、褚宗堯、郭木林　合譯）

《經濟學》（*Economics*，Michael Bradley著／林富松、褚宗堯　合譯）

附錄二：褚林貴教育基金會簡介

☆關於基金會

母親是「財團法人褚林貴教育基金會」的創辦人暨第一任董事長，本文特將基金會的成立宗旨、使命、方向、及目標，透過在基金會官網及facebook上之基本資料簡介如後，期能藉此拋磚引玉，呼籲更多慈善的社會人士及機構共襄盛舉，一起投入回饋社會的行列。

名稱：財團法人褚林貴教育基金會

成立時間：二〇一二年一月十八日

聯絡處：30072新竹市東區關新路27號15樓之7

☆基金會概覽

本基金會成立於民國一〇一年一月十八日，由創辦人暨第一任董事長褚林貴女士以及執行長褚宗堯先生共同捐贈出資設立。

基金會成立之宗旨，主要是秉持褚林貴女士慈悲為懷、樂善好施之精神，並以「贊助家境清寒之學子努力向學」，以及提升「家庭教育」與「社會教育」之品質及水準為本基金會發展之三大主軸；此外，並以「弘揚孝道」為重要志業。

創會董事長褚林貴女士生於民國六年，家學淵源，是清末秀才的遺腹女。她的一生充滿著傳奇性，不僅出身寒門，從小失怙，而且，經歷了兩次不同家庭的養女歲月，卻從不怨天也不尤人。及長，嫁給出身地主之家的夫婿，原本家境不錯，可惜年輕的夫婿在南京及上海的兩次經商失敗之後，家道從此中落。

不久，十個子女又先後出生，沉重無比的家計負擔，長期不斷地加諸在她一個弱女子的身上，她卻能夠隨緣認命，咬緊牙關，憑著自己無以倫比的堅強毅力，以及天生的聰慧靈敏，終於振興了褚家的家運。

今天的褚家，雖非達官顯貴之家，但，至少也是個書香門第，是一門對國家及社會有一定貢獻的家族。她的孩子中有博士，有教授，有名師，有作家，有總經理，有董事長等。以褚林貴女士的那個艱困年代，以及她的貧寒出身而言，能夠單憑她的一雙手造就出如此均質的兒女出來，真的不得不佩服她教育子女的成功，以及對子女教育的重視與堅持。

當年，她膝下已兒孫滿堂，而且多數稍具成就。為此，更感念於過去生活之艱辛不易，而亟欲回饋社會。一方面，希望能夠協助需要幫助的弱勢學子，另方面，更思及家庭教育、社會教育、與孝道弘揚之重要功能，實不可忽視，因此，主動成立此教育基金會。

褚林貴女士期望能夠透過本基金會之執行，以實際行動略盡綿薄之力，並藉此拋磚引玉，呼籲更多的社會人士及機構共襄盛舉，一起投入回饋社會的行列。

☆簡介──使命與業務

本基金會秉持褚林貴女士慈悲為懷、樂善好施之精神，除了主動贊助家庭清寒之學子努力向學之外，並以提升家庭教育及社會教育之品質與水準，作為本基金會今後發展的三大主軸；此外，並以「弘揚孝道」為重要志業。

為此，舉凡上述相關之事務、活動的推展，包括書籍或刊物之出版、教育人才之培育及提升、以及孝道之弘揚等，皆為本基金會未來努力之方向及目標。

使命：協助提升新竹市教育品質，以及充實新竹市教育資源。

主要業務：

一、促進家庭教育與社會教育相關事務及活動之推展。
二、協助並贊助家庭教育與社會教育相關人才之培育及提升。
三、出版或贊助與家庭教育及社會教育相關之書籍或刊物。
四、設置清寒獎助學金獎勵及贊助家庭清寒學生努力向學。
五、贊助及推動與家庭教育及社會教育相關之藝文公益活動。
六、弘揚孝道及推廣母慈子孝相關藝文活動之促進。
七、其他與本會創立宗旨有關之公益性教育事務。

☆基本資料

許可證書號：（101）竹市教社字第一〇八號（民國一〇一年一月十八日正式許可）
核准設立號：（101）府教社字第六〇六六號（民國一〇一年一月十八日核准設立）
法院登記完成日：中華民國一〇一年二月一日
基金會類別：教育類　統一編號：31658509

基金會網址：https://www.chulinkuei.org.tw

facebook網址：https://www.facebook.com/chulinkuei

instagram 網址：https://www.instagram.com/chulinkuei

永久榮譽董事長：褚林貴

董事長兼執行長：褚宗堯

董事兼總幹事暨聯絡人：朱淑芬

☆贊助方式

〔若蒙捐贈，請告知：捐款人姓名、地址、電話，以便開立收據〕

銀行代號：806（元大銀行——竹科分行）

銀行帳號：00-108-2661129-16

地址：30072新竹市東區關新路27號15樓之7

電話：03-5636988　分機205——朱小姐

傳真：03-5786380

E-mail：foundation.clk@gmail.com

附錄三：褚林貴教育基金會出版書籍

母慈子孝系列

母慈子孝001

《話我九五老母——花甲么兒永遠的母親》

母親一生充滿著傳奇性，不僅出身寒門，從小失怙，且經歷了兩次不同家庭的養女歲月，卻從不怨天也不尤人。及長，雖嫁做貧窮地主之妻，但家道一貧如洗，十個子女先後出生，沉重無比的家計負擔，長期不斷的加諸在她一個弱女子的身上，卻能夠隨緣認命，咬緊牙關，憑著自己無以倫比的堅強毅力，以及天生的聰慧靈敏，終於振興了褚家的家運。

母慈子孝002

《母親，慢慢來，我會等您》

母親！您已年近百歲，雖然偶爾會忘了扣鈕子、戴假牙。吃飯時，也會掉些飯菜、弄髒衣服；梳頭髮時，手還會不停地抖。但，請您放心！我會對您付出更多的溫柔與耐心，也願意花更多的時間，協助您慢慢的用湯匙、用筷子吃東西；幫您穿鞋子、扣鈕子，推輪椅；幫您穿衣服、梳頭髮、與剪指甲。

母慈子孝003
《母親，請您慢慢老》

本書全然以「母愛」及「愛母」為主軸；字裡行間更是鋪設著從小到今，我這么兒與百歲老母親之間，那種發乎至情的「孺慕之情」與「牴犢情深」。如果細細品讀，相信你也會感受到幾許母子情深的無限溫馨。

謹以此書呈獻給：我一生的導師以及永遠的母親——褚林貴女士。此書除了作為她百歲華誕的生日獻禮之外，也感謝她老人家，對我一輩子無始無邊以及無怨無悔的生我、鞠我、長我、育我、顧我、度我……，並向她老人家懇切地說聲：

「母親，我永遠愛您！也請您慢慢的老，讓我能夠孝順您更久！」

母慈子孝004
《慈母心・赤子情——念我百歲慈母》

這世上，會為自己母親一連寫下四本書的兒子，應該不多吧？而本書作者即是罕見的例子。

一位排行老九的么兒，在為他世壽百歲老母所寫的第四本書中，更是充滿著令人為之感動及讚嘆的母子情深。

書中的故事不只發生在作者身上，其實也是你的故事與心聲，只是作者幫你寫了出來。

還記得孩提時，母親對你那些點點滴滴的「舐犢情深」嗎？如果，你對母親還有一絲「孺慕之情」的話，那麼，讀了本書你定然也會感動不已！

你我的即時覺醒，就不會讓這社會任其「世風日下，人心不古，孝道黯然」。

母慈子孝005

《詩念母親——永不止息》

母親是個非常有修養的人，從小到大，她的言教與身教深深地影響著我，是我終生敬佩及景仰的上師，更是我的佛菩薩。

一個人能夠活到百歲，除了要有福份，更要身心皆得健康；其實，這很不容易也很辛苦。而我何其有幸，能與母親共處六十五載歲月，直到她高壽百歲辭世。

回想當年，我一直悲痛不捨，難以接受母親辭世的事實，因為，她老人家雖已屆百歲之年，但，她的身心依然體健英發、耳聰目明。

直到母後三年今日，我才真正覺知並感悟到，母親住世百歲的原因之一，是為了陪我走過人生無數甘苦與悲歡，並在身旁教化我、善導我學習與成長。而終究離開了我，是她認為可以放下、該放下了，要讓我自己走，走向性靈的精進與成長。

母親決是我終生無時不眷念的身影，本書我以近五十首現代詩，來發抒我對她老人家無限的緬懷之情，藉著「詩念母親」來「思念母親」——永不止息。

母慈子孝006

《一個人陪老母旅行——母與子的難忘之旅》

你曾經一個人陪老母旅行嗎？一個人哦！沒有其他親人或朋友。

相信很少人有此經驗，而我，就如此幸運；而且，不止一次。

想想那個畫面，一對已過半百的么兒與八十五歲以上的老母親。

再想想：長大後、結婚後，你有多久沒有和母親長時間獨處了？

我必須告訴你，那種感覺既純真、自在，又舒坦。感謝妻的體諒與支持，欣然成全我，多次讓我一人陪老母去旅行。

藉此，聊表么兒對老母孝心之一二，那是萬金所難買到的。

這些經驗與心得，我寫了下來，抒發么兒對老母永不止息的緬懷。

同時，也願與有緣及有心的讀者們一起分享。

母慈子孝 007

《母與子心靈小語》

寫作過程中，對母親永不止息的思念，不斷從記憶金庫裡泉湧，讓我穿梭於時光甬道間，將我與母親倆珍貴的歲月憶往，藉由「心靈小語」為畫筆，描繪出更立體與層次感的情節及場景。

感謝佛菩薩加持，賜給我完成本書及前六本書的機緣與動力，讓我更深入瞭解我百歲仙逝慈母的德行與情操，發現，母親她比我想像中還要偉大、還要令我敬佩。

當我逐段、逐行、逐字修稿及潤稿時，在反覆細細品讀下，愈發感悟：母親對子女的「舐犢情濃」，以及子女對母親的「孺慕情深」，絕對是人間最為可貴的至愛。

這是我的故事，也是你的故事，是每個人一生中必然經歷的事，《母與子心靈小語》只想呼籲大家：行孝要「及時」更要「即時」！

母慈子孝008
《再老，還是母親的小小孩》

這本書，是我為母親寫的第八本書了。

母親膝下五男五女，我是她么兒，我們母子倆是罕見的緣深情重。

母後這些年來，我除經常想念她外，也積極推廣孝道，並以母親事蹟為題材，陸續為她寫了一系列「孝母專書」。

每一本書都是我為報效母恩，並發心弘揚孝道而完成的。

民國一〇四年六月九日，我榮獲「第四屆海峽兩岸漂母杯文學獎」（散文組第三名），得獎之作是《再老，還是母親的小小孩》。

我很慶幸能在她生前，以她為題材榮獲此獎，並將獎狀及獎盃親手呈獻給她，這是我的福氣。

更欣慰的是，今天能以得獎之作為題材，為母親出版一本「繪本書」。

希望藉由圖文並茂方式，更生動表達我對已仙逝老母親，那難捨的孺慕情懷；同時緬懷母親這輩子，她予我的浩瀚母恩及舐犢濃情。

謹此提醒天下為人子女者，莫忘——再老，還是母親的小小孩！

母慈子孝009

《詩書畫我母從前》

這本書，是我為母親寫的第九本書。

我的一生並無特殊成就可言。或許，能以母親事蹟為題材，寫了這些「孝母專書」，算是我最感榮幸的事。

本書的內涵包含了詩、書、畫等三個素材，相信它應該有別於我前幾本書的風格。

我的每一本「孝母專書」的宗旨不外乎：做為慈母的么兒甚感榮幸，並極為珍惜與盡心把握，和母親在世時共處的寶貴時光；而母後，更是永不止息地緬懷慈母的身影。

平凡百姓的我，出版一系列「孝母專書」之目的，既不為名也不為利，只想將這些留傳給子孫，及有緣的讀者們。

願與大家分享多年來我孝順母親的作法與心得，更期盼有更多人來共襄盛舉，一起為弘揚孝道盡份心力！

最後，再次呼籲大家：行孝要「及時」更要「即時」！

母慈子孝010

《卿卿我母——獻給人子者52則孝母語錄》

這本書，是我為母親寫的第十本書。

或許它也會是我在「母慈子孝系列」作品中，暫時畫下的一個休止符。

為了與讀者們分享多年來，我孝順母親的實際作法與心得，本書特別整理出五十二則，以人子的立場對母親所傾訴的孝母語錄。

這「善孝五十二則」語錄，分屬於「行孝十二要」，並歸類為「孝母四事」。如同一年有四季，有十二月份，有五十二星期。依此，便可將人子的行孝大事，細化、分段、逐步落實到每個星期來執行。

亦即，每個星期有一項「善孝要則」，每個月份有一項「行孝要點」，每個季節有一項「孝母要事」。換言之，不同時程會有不同性質的目標待執行。

人子者如果能夠確實依此，有心、用心、盡心地去實踐，相信一年下來，定會有很不錯的成果。倘能如此，則為天下所有母親之福！

最後，再次呼籲大家：行孝要「及時」更要「即時」！

國家圖書館出版品預行編目

雪泥鴻爪：歐遊拾穗 / 褚宗堯著. -- 新竹市：財團
法人褚林貴教育基金會, 2025.01
面； 公分. -- (雪泥鴻爪；1)
ISBN 978-626-98433-0-5(平裝)

863.51　　113020648

雪泥鴻爪 001

雪泥鴻爪——歐遊拾穗

作　　者／褚宗堯

出　　版／財團法人褚林貴教育基金會
30072新竹市東區關新路27號15樓之7
電話：+886-3-5636988
傳真：+886-3-5786380

製作銷售／秀威資訊科技股份有限公司
114 台北市內湖區瑞光路76巷69號2樓
電話：+886-2-2796-3638
傳真：+886-2-2796-1377

網路訂購／秀威書店：https://store.showwe.tw
博客來網路書店：https://www.books.com.tw
三民網路書店：https://www.m.sanmin.com.tw
讀冊生活：https://www.taaze.tw

出版日期／2025年1月
定　　價／250元